Otto Lange

# Deutsche Rechtschreiblehre mit einem Wörterverzeichniss

Antigonos

Otto Lange

# Deutsche Rechtschreiblehre mit einem Wörterverzeichniss

Unveränderter Nachdruck der Originalausgabe von 1866.

1. Auflage 2024  |  ISBN: 978-3-38614-736-1

Antigonos Verlag ist ein Imprint der Outlook Verlagsgesellschaft mbH.

Verlag: Outlook Verlag GmbH, Zeilweg 44, 60439 Frankfurt, Deutschland, info@outlook-verlag.de
Vertretungsberechtigt: E. Roepke, Zeilweg 44, 60439 Frankfurt, Deutschland
Druck: Libri Plureos GmbH, Friedensallee 273, 22763 Hamburg, Deutschland

# Deutsche Rechtschreiblehre

mit einem

## Wörterverzeichniß.

Auf Grund des Königlich preußischen Ministerialrescriptes vom 13. Dec. 1862 entworfen und von dem Lehrer-Collegium des Königlichen Lehrerinnen-Seminars und der Augusta-Schule zu Berlin berathen und vereinbart.

Herausgegeben

von

## Dr. Otto Lange,

Professor in Berlin.

Berlin, 1866.

Verlag von R. Gaertner.

Amelang'sche Sort.-Buchhandlung.

Leipziger Straße 133.

# Deutsche Rechtschreiblehre

mit einem

## Wörterverzeichniß.

Auf Grund des Königlich preußischen Ministerialrescriptes vom 13. Dec. 1862 entworfen und von dem Lehrer-Collegium des Königlichen Lehrerinnen-Seminars und der Augusta-Schule zu Berlin berathen und vereinbart.

Herausgegeben

von

## Dr. Otto Lange,
Professor in Berlin.

Berlin, 1866.

Verlag von R. Gaertner.
Amelang'sche Sort.-Buchhandlung.
Leipziger Straße 133.

# Vorwort.

————

Wenn diejenigen Punkte, welche in dem Rescript des preußischen Unterrichtsministeriums vom 13. December 1862 sich auf den
orthographischen Unterricht beziehen, einer deutschen Rechtschreiblehre
zu Grunde gelegt werden sollen, so dürfte es angemessen sein, auf
dieselben näher einzugehen. Von Wichtigkeit ist zunächst folgende
Bestimmung: „Die Schule hat das durch das Herkommen
Fixirte zu sicherer Anwendung einzuüben.“ Was ist in
der deutschen Orthographie durch das Herkommen fixirt? Man
wird zugestehen müssen, daß seit zwei Jahrzehnden die deutsche
Rechtschreibung in einer allmählichen Umbildung begriffen ist,
und daß an dieser Umbildung ebensowohl der Fortschritt der
deutschen Sprachwissenschaft als eine an und für sich verstän-
dige Auffassung der Sache betheiligt sind. Es haben sich die
dahin zielenden Bestrebungen nicht nur in den Arbeiten einzelner
Sprachforscher und Schulmänner, sondern auch in Beschlüssen pä-
dagogischer Conferenzen und in Anordnungen deutscher Schulbehörden
kund gegeben. Wir wissen von den Bemühungen der Leipziger
Lehrercollegien, der hannöverschen Conferenz, von einem Regulativ
der würtembergischen Oberschulbehörde. Was dadurch erzielt worden, darf immer noch nicht als ein „Fixirtes“ aufgefaßt werden.
Vielmehr befindet sich gerade infolge dieser Bestrebungen die deutsche Orthographie in einem Gärungsprozeß, der allerdings mancherlei „Fixirtes“ abgesetzt hat, aus dem aber doch erst im Laufe

der Zeit sich dauernde Feststellungen ergeben werden. Wie indeß die preußische Ministerialverfügung ihre Forderung verstanden wissen will, geht aus den Worten hervor, denen die oben angeführten zur Voraussetzung dienen: „Es ist dem einzelnen Lehrer nicht zu gestatten, die Übereinstimmung des Verfahrens, zu welcher die Lehrer derselben Anstalt sich vereinigen müssen, um theoretischer Gründe willen zu stören." Wenn in der Schreibweise ein übereinstimmendes Verfahren gefordert wird, zu dem die Lehrer derselben Anstalt sich vereinigen müssen, so kann das „Fixirte" eben nur in denjenigen Feststellungen bestehen, welche durch gemeinsamen Beschluß der Lehrer erzielt worden sind, und wenn theoretische Gründe einen solchen Beschluß nicht umstoßen dürfen, so ist für die Schule, deren Lehrer sich in der Behandlung des Gegenstandes geeinigt haben, allerdings ein „Fixirtes" gewonnen. Das von dem preußischen Ministerium angeordnete Verfahren gestattet den theoretischen Gründen insofern eine Beachtung, als dieselben zur Sprache gebracht und für das zu erzielende Resultat benutzt werden können. Der Kern der Ministerialbestimmung liegt also darin, daß innerhalb eines Lehrercollegiums eine Einigung gewonnen werden müsse.

Wenn das so Fixirte in der Schule „zu sicherer Anwendung einzuüben" ist, so scheint damit die höchste Schulbehörde zugleich eine Andeutung über die methodische Behandlung des Gegenstandes gegeben zu haben. Unter allen erfahrenen Pädagogen steht es fest, daß schon deswegen, weil dieser Unterricht mit dem Eintritt des Schülers in die Schule beginnt, von einer theoretischen Begründung desselben nicht die Rede sein kann. Er ist und bleibt mehr eine Gewöhnung und Übung als eine eigentliche Lehre und muß sich zunächst von allem Regelwerk fern halten. Der Mund des Schülers muß an ein richtiges Sprechen, das Ohr an ein richtiges Hören, das Auge an die Einprägung des richtigen Wortbildes gewöhnt werden. Diese Forderung ist so wichtig, daß sie streng zu beobachten wäre, selbst wenn die deutsche Rechtschreibung sich überall auf rationelle Gesetze zurückführen ließe. Inzwischen versteht es sich von selbst, daß, je weiter das Sprachbewußtsein im Schüler heranreift, um so mehr auch der mechanische Charakter des Unterrichts aufgegeben werden kann. Man wird mancherlei Regeln aussprechen dürfen, um die durch Übung gewonnene Kenntniß zu unterstützen und in zweifelhaften Fällen die Schüler zum Nachdenken anzuregen. Dies wird besonders in Betreff der Interpunction geschehen dürfen, desjenigen Theiles der Orthographie, der zumeist an theoretischen Gesetzen einen Halt findet. Es ist daher die an die Schüler gerichtete Forderung: „Die Schüler müssen irgend eine grundsätzlich geregelte Interpunctionsweise consequent befolgen" besonders zu beachten und ohne Zweifel auch mit Erfolg durchzuführen.

Nach einer so verstandenen Auffassung der auf den orthographischen Unterricht bezüglichen Bestimmungen des preußischen Ministerialrescriptes unternahm ich vor zwei Jahren den Entwurf zu einer deutschen Rechtschreiblehre. Indem ich mich dabei überzeugte, daß die consequente Durchführung eines Princips unmöglich sei, und daß man vor allem nationalen Forderungen Rechnung zu tragen habe, wies ich durchweg die Annahmen vereinzelter Rechtschreiblehren, sie mochten auf wissenschaftlichen Untersuchungen oder auf Zweckmäßigkeitsgründen beruhen, von der Hand und stellte diejenigen Arbeiten zusammen, welche als Produkte gemeinsamer Berathungen zu betrachten waren. Aus einer Vergleichung derselben ergab sich mir der Grundsatz, die in solchen Arbeiten erreichten Einigungspunkte festzuhalten, bei Abweichungen aber der aus der Sprachforschung gewonnenen Schreibweise den Vorzug zu geben. Mit gewaltsamen Versuchen ist für die Sache wenig gethan. Da wir den richtigen Gebrauch der Sprache, das richtige Verständniß derselben und ihrer Literatur als erste Aufgabe des deutschen Sprachunterrichts betrachten, so dürfen wir das Verständniß des in einem bestimmten Gewande vor uns liegenden Sprachschatzes nicht erschweren, die Schreibweise, welche bei den besten Schriftstellern üblich ist, um eines rationellen Princips willen nicht beseitigen. Es wäre dies ein Eingriff in die Leserechte der gesammten deutschen Leserwelt. Ein Fortschritt in der Behandlung der Rechtschreibfrage ist nur allmählich zu erzielen; eine Vergleichung der gemeinsamen Bemühungen ergibt aber, daß wir in den letzten Jahrzehnden bereits eine ziemliche Strecke vorwärts gekommen sind.

Es bedarf wohl kaum der Erwähnung, daß bei der Berathung des Entwurfs in dem Lehrercollegium, dem ich angehöre, manche meiner Annahmen Widerspruch fand. Die trotzdem erzielte Einigung verdanke ich der dem Gegenstande gewidmeten lebhaften Theilnahme meines verehrten Directors, Herrn Merget, und dem freudigen Eifer meiner werthen Collegen und Colleginnen. Möge es mir gelungen sein, durch diese Rechtschreiblehre, die ich nunmehr als die Gesammtarbeit eines Collegiums betrachten darf, in deutschen Schulen das Interesse für eine der wichtigsten elementaren Unterrichtsfragen gefördert zu haben. Ich bin der Überzeugung, daß die deutsche Orthographie in nicht allzuferner Zeit einer Einigung im nationalen Sinne entgegen gehe.

D. L.

# Rechtschreiblehre.

(Orthographie.)

## I. Laute und Silben.

**§ 1. Selbstlaute** (Vocale). Man theilt die Selbstlaute in reine, Umlaute und Doppellaute (Diphthongen).

1. Reine Selbstlaute sind **a, e, i, o, u**. Der Laut **y** kommt nur in deutschen Eigennamen, z. B. Meyer, Seydlitz, und in Fremdwörtern, z. B. System, Physik, vor.

2. Umlaute nennt man die aus **a, o, u, au** entstandenen Laute **ä, ö, ü, äu**. Z. B. Name — nämlich, Gott — göttlich, gut — gütlich, Haus — häuslich.

3. Doppellaute sind **ai, au, ei, eu**. Die Doppellaute **oi, oy** und **ui** kommen nur in Eigennamen und in Schall=Ausrufen vor, z. B. Boytzenburg, Hoyer, hui, pfui.

**§ 2. Mitlaute** (Consonanten). Die Mitlaute werden nach den Sprachwerkzeugen in Lippen=, Zungen= und Gaumenlaute, nach der Art des Aussprechens in Halb= oder Schmelz=, in Stoß= und Hauchlaute eingetheilt.

1. Übersicht der Laute:

| | Lippenlaute | Zungenlaute | Gaumenlaute |
|---|---|---|---|
| a) Halblaute | m | l, n, r | ng |
| b) Hauchlaute | harte f, v<br>weiche w | ß, (ff), sch, z<br>f, s | ch<br>j, h |
| c) Stoßlaute | harte p<br>weiche b | t<br>d | k<br>g |

2. Die Mitlaute v, ph, c, qu, x kommen ursprünglich fast nur in Fremdwörtern vor.

3. Buchstaben heißen die sichtbaren Zeichen der Laute. Ihre geordnete Aufeinanderfolge wird Alphabet oder das Abc genannt.

**§ 3. Silben.** Eine Silbe besteht entweder aus einem Selbstlaut allein, z. B. A=bend, o=ben, oder aus einem Selbstlaut mit einem oder mehreren Mitlauten, z. B. ge=hen, An=lauf, Ant=wort.

1. Den Laut, welcher eine Silbe beginnt, nennt man Anlaut, den, welcher sie schließt, Auslaut, den in der Mitte befindlichen Inlaut. So ist z. B.

f Anlaut in fort, Inlaut in Haft, Auslaut in Hof,
a Anlaut in alt, Inlaut in hat, Auslaut in da.

2. Man unterscheidet lange, kurze und mittelzeitige Silben.

    a) lange Silben: **Gabe**, be**see**lt, Ge**wöh**nung.

    b) kurze Silben: **Gabe**, **Ge**wöhnung.

    c) mittelz. Silb.: Ge**wöhnung**, Klar**heit**, stand**haft**.

**§ 4. Silbentheilung.** Beim Sprechen muß jede Silbe im ein= wie im mehrsilbigen Worte vom Ohre deutlich vernommen werden. In der Schriftsprache macht man die Theilung der Silben durch ein besonderes Zeichen, den Bindestrich, erkennbar.

1. Silbentheilung in einfachen Wörtern.

    a) Steht zwischen zwei Selbstlauten ein einfacher Mitlaut, so gehört derselbe zur folgenden Silbe: le=sen, ha=ben, Hau=be, Mei=le.

    b) Von zwei oder mehreren Mitlauten im Worte gehört der letzte zur folgenden Silbe: Hand=lung, fal=len, hor=chen, kost=bar.

    c) Auch die Mitlaute **ch, th, sch, ß, ph** gehören zur folgenden Silbe: Wa=che, ra=then, Ta=sche, Mu=ße, Pro=phet, Geogra=phie.

    d) Dasselbe gilt von den Doppel= und zusammengesetzten Consonanten **ck, st, pf, tz, x**: Stre=cke, fa=sten, hü=pfen, Ka=tze, He=xe.

    2. Silbentheilung in nicht einfachen Wörtern.

    a) Zusammengesetzte Wörter werden nach ihren Bestandtheilen getrennt: Erb=lasser, er=blassen, Nacht=raben, nach=traben, Mitt=woch, Sonn=tag, dar=an, war=um.

    b) Dasselbe gilt von den mit Vor= und Nachsilben gebildeten Wörtern: ent=behren, zer=treten, ver=lassen, emp=fangen, be=ob=achten, Mäus=lein, Jüng=ling, Mäd=chen, herr=lich, acht=sam.

    3. Der Bindestrich.

    a) Wenn am Ende einer Zeile die Nothwendigkeit eintritt, eine oder mehrere Silben eines Wortes in die folgende Zeile zu setzen, so bedient man sich des Bindestriches (=), und zwar nach der oben angegebenen Silbentheilung.

    b) Der Bindestrich wird auch mitten in der Zeile bei zusammengestellten Eigennamen gebraucht, z. B. Anhalt=Dessau, Hohenzollern=Hechingen, Schmidt=Werneuchen, Augusta=Schule; ebenso in Zusammensetzungen, die ein gemeinschaftliches Grundwort haben, z. B. Vor=, Stamm= und Nachsilbe; endlich in mehrfach zusammengesetzten Wörtern, besonders in Titeln, z. B. Staatskassen=Buchhalter, General=Feldmarschall. Doch pflegt man solche Wörter auch ungetrennt zu schreiben, z. B. Kreisgerichtsrath, Verbindungseisenbahn, Elisabethschule.

## II. Schreibung der Anfangsbuchstaben.

**§ 5. Große Anfangsbuchstaben.** Man schreibt mit großen Anfangsbuchstaben:

1. Jedes Wort zu Anfang einer Rede, eines Satzes nach einem Punkt, Frage- und Ausrufungszeichen, einer Verszeile und einer directen Rede nach dem Kolon.

Z. B. Der Sommermond hatte die Saaten des Feldes gereift. Die vollen Aehren rauschten im Winde, und der Landmann war hinausgegangen, nach den Schnittern zu sehen. Er bedachte den Raum seiner Scheuer. Da nahete sich ihm der weise Lehrer der Gemeinde.

Wer bist du, daß du so keck reden kannst? Ich bin der Tod, mir widersteht niemand, und auch du mußt meinen Befehlen gehorchen. — Wo habt ihr die schöne Gans gekauft? Die hab' ich nicht gekauft, sondern für mein Schwein eingetauscht. Und das Schwein? Das hab' ich für eine Kuh gekauft. Und die Kuh? Die hab' ich für ein Pferd bekommen. Und das Pferd? Dafür hab' ich einen Klumpen Gold gegeben. Und das Gold? Das war mein Lohn für sieben Jahre Dienst.

Ein Glas, wie bald bricht das! Was bricht noch eher? Der Mensch. — Trauert nicht, meine Brüder! Was ist erhabener, als für Christus, den Heiland, das Leben hinzugeben! Kaum waren diese Worte des Trostes und der Begeisterung gesprochen, u. s. w.

Um Mitternacht in Aachen,
Im Dome unterm Chor,
Da steigt aus seinem Grabe
Der Kaiser Karl empor.

Josephs Brüder sprachen zu einander: Seht, da kommt der Träumer; Laßt uns ihn erwürgen und in eine Grube werfen.

2. Die Eigennamen (Nomina propria) und alle Hauptwörter (Substantiva) z. B. Jerusalem, Bethlehem, Deutschland, Frankreich, Elbe, Gustav. Der Tisch, die Frau, das Haus.

3. Alle als Hauptwörter gebrauchte Wörter:

a) Eigenschaftswörter (Adjectiva) und Mittelwörter (Participia) z. B. der Reiche, die Großen und die Kleinen, das Deutsche und das Französische. Gleich und Gleich gesellt sich gern. Gedrucktes liest sich leichter als Geschriebnes. Der Geduldige ist besser denn ein Starker. Wie die Alten sungen, so zwitscherten die Jungen. Wo Starkes sich und Mildes paarten, da gibt es einen guten Klang.

b) Zahlwörter: Das Hundert, das Tausend (aber: tausend Thaler), Eins zum Unterschiede vom unbestimmten Artikel. Z. B. Eins ist die erste Grundzahl. Ich gebe dir Einen Thaler, nicht zwei.

c) Alle besitzanzeigenden Fürwörter, wenn sie sich nicht auf ein vorangegangenes Hauptwort beziehen, z. B. Die Meinigen grüßen dich. So jemand die Seinen (die Seinigen) nicht verſorgt, der iſt ein Heide. Das **Mein** und **Dein** regiert die Welt. Dagegen: Deine Leiden ſind mit den meinigen nicht zu ver= gleichen.

d) Alle durch ein vorgeſetztes das als ſächliche Hauptwörter gebrauchten Wörter.

Z. B. Das **Wenn** und **Aber**. Das **Für** und **Wider**. Das **Kommen** und **Gehen**, das **Tichten** und **Trachten**. Das **Ich** und **Du**. Das **Abſchiednehmen**. Das **Wiederbezahlen**.

4. Alle von Länder= und Städtenamen mit der En= dung „**er**", von Perſonennamen mit der Endung „**iſch**" oder „**ſch**" gebildeten Eigenſchaftswörter.

Z. B. Das **Frankfurter** Parlament, die **Berliner** Zeitung, die **Pariſer** Bluthochzeit, die **Schweizer** Garde, ein **Tyroler** Schütze, die **Beckerſche** Grammatik, die **Grimmſchen** Märchen, die **Kantiſche** Philoſophie.

Dagegen ſchreibt man klein die mit der Endung „iſch" von Länder=, Völker= und Städtenamen abgeleiteten Eigenſchafts= wörter. Z. B. das preußiſche Vaterland, die brandenburgiſche Ge= ſchichte, das berliniſche Leſebuch, der ſpaniſche Erbfolgekrieg.

5. Die als Beinamen vorkommenden Eigenſchafts= und Zahlwörter.

Z. B. Karl der **Große**; Ludwig der **Fromme**; Friedrich der **Zweite**.

6. Die zu einem Titel gehörenden Eigenſchafts= wörter:

Z. B. die **Allgemeine** Zeitung, die **Neue** Töchterſchule, die **Königliche** Regierung, das **Kaiſerliche** Manifeſt, die **Fürſtliche** Jagd.

7. Die Fürwörter der Anrede in Briefen, briefähn= lichen Schriftſtücken und Reden.

Z. B. **Du**, **Sie**, **Ihr**, **Ihrer**, **Ihnen**, **Euer**, **Euch**. **Euer** Wohlgeboren, **Euer** Hochwürden, **Eure** Königliche Majeſtät, **Eure** Excellenz, **Eure** Königliche Hoheit.

**§ 6. Kleine Anfangsbuchſtaben.** Man ſchreibt mit klei= nen Anfangsbuchſtaben:

1. Die Hauptwörter, welche durch engſte Verbindung mit einem Zeitwort einen adjectiviſchen Charakter an= genommen haben.

Z. B. haushalten, er hält haus; leidthun, es thut mir leid; noththun, es thut noth; ſtattfinden, es findet ſtatt; ſtatthaben, es hat ſtatt; theilnehmen, er nimmt theil; überhandnehmen, es nimmt überhand; preisgeben, er gibt preis; recht haben, er hat recht; zuguthalten, er hält es ihm zugut; ſchuld haben und ſchuld ſein, er hat, iſt ſchuld; angſt ſein, ihm iſt oder wird angſt; freund ſein, er iſt gut freund mit ihm; hohnſprechen, wehthun, achtgeben, willens ſein.

2. **Die aus Hauptwörtern gebildeten Wörter anderer Wortklassen.**

a) **Verhältnißwörter** (Präpositionen): angesichts, behufs, kraft, laut, seitens, statt, trotz, um — willen, von — wegen, infolge, inmitten, von seiten, inbetreff.

b) **Bindewörter** (Conjunctionen): theils, falls.

c) **Umstandswörter** (Adverbien): anfangs, dermaßen, einestheils, anderntheils, einerseits, meinerseits, einmal, einandermal, jedesmal, unzähligemal, stundenlang, heutzutage, kopfüber, rings, rücklings, zeitlebens, namens, gehörigermaßen, morgen. Man schreibt dagegen noch: Morgens, Mittags, Abends, Nachts, Sonntags, weil diese Umstandswörter häufig mit dem Artikel vorkommen, ihre substantivische Natur also noch nicht ganz aufgegeben haben. Es wird aber bereits sehr üblich, morgens, abends, nachts, sonntags zu schreiben.

d) **Die Zahl- und Größenbestimmungen:** ein bißchen, ein paar = einige (nicht zu verwechseln mit ein Paar z. B. Tauben, Schuhe).

3. **Die unbestimmten Für- und Zahlwörter:** niemand, jemand, keiner, etwas, nichts, man, jeder, jedermann, manche, einige, etliche, viele, alle, mehrere, der eine und der andre. — Steht hinter diesen Für- und Zahlwörtern ein substantivisch gebrauchtes Eigenschaftswort, so wird dasselbe groß geschrieben. Z. B. etwas Neues, nichts Gutes, alles Mögliche, viel Schönes, wenig Vernünftiges, manches Unglaubliche.

4. **Viele aus Eigenschafts- und Zahlwörtern gebildete adverbiale Ausdrücke,** z. B.

Am besten, am ersten, zum zweiten, zum andern, im allgemeinen, im ganzen, im übrigen, von neuem, vor kurzem, bei weitem, im voraus, aufs äußerste, über kurz oder lang, auf allen vieren, den kürzern (d. i. Halm — beim Losen) ziehen.

5. **Die von Verhältnißwörtern regierten Umstandswörter:** von gestern, von heute, von unten, von oben, nach außen, nach innen.

## III. Schreibung der Selbstlaute.

**§ 7. Verdoppelung und Dehnung.** Die Selbstlaute sind entweder lang oder kurz. In den meisten Fällen ist dies an einem besondern Zeichen nicht zu erkennen. Die Laute in **kam, Tod, gut** sind lang, in **von, an, um** kurz. In vielen Wörtern aber bedient man sich der Verdoppelung des Lautes, oder man setzt einen andern Laut als Dehnungszeichen hinzu, um die Länge bemerkbar zu machen. Eine Verdoppelung findet bei den Lauten **a, e, o** statt, eine Dehnung durch **h** bei allen Lauten, bei dem Laut i eine Dehnung durch **e** und **h**. Die Kürze wird meistens durch Verdoppelung des folgenden Mitlautes bezeichnet.

## A. Die langen Selbstlaute.

### § 8. Lautverdoppelung.

#### aa.

1. Man schreibe: Aal, Aar, Aas, Haar, Paar, paar, Raa, Saal, Saat, Staat, Staar (Vogel), Waare; die Städtenamen: Aachen, Aalen, Aarau, Haag, Waadt (Kanton), und die Flußnamen: Aar, Maas, Saale, Waal.

2. Dagegen werden mit einfachem **a** geschrieben: bar (barfuß, bares Geld), Mal, Maß, Pflugschar, Qual, Same, Schaf, schal, Schale, Scham, Schar, Star (Augenkrankheit), Wage, Zar.

3. Bei der Veränderung des **aa** in den Umlaut fällt die Verdoppelung fort: Haar — Härchen, Saal — Säle.

#### ee.

1. Man schreibe: Beere und Lorbeer, Beet, Geest, Heer, verheeren, Klee, Lee, leer, leeren, Meer, Schnee, See, Seele, Speer, Theer, Spree (Fluß); ebenso die Fremdwörter: Allee, Armee, Fee, Galeere, Idee, Kaffee, Kameel, Livree, Moschee, Thee u. a.

2. Mit einfachem **e** schreibe man: scheren, Schere, bescheren, Bescherung, Herd, Herde, schel, schelsichtig, Schmer (von schmieren), Segen, selig (das nicht von Seele herkommt).

#### oo.

1. Man schreibe: Boot, das Moor, Moos, Loos.

2. Dagegen: los, losen, Losung, Lotse, Sole (Salzwasser).

3. Die Schreibart von Schooß ist unentschieden. Die Verdoppelung des o ist vorzuziehen, wenn auch Schoß = Zins durch die Aussprache unterschieden wird.

### § 9. Lautdehnung.

#### ie.

1. Die Dehnung des i durch ein folgendes **e** findet in allen ursprünglich deutschen Wörtern statt, also: Krieg, Spiel, liebt, Giebel, Mieder, schließlich, Thier, liest, fließt, lieb, verdrießlich u. s. w.

2. Ebenso in ursprünglich nicht deutschen, aber bereits allgemein als deutsch betrachteten Wörtern, wie: Brief, Fieber, Priester, Siegel, Spiegel, Ziegel, Zwiebel.

3. Ferner in den auf **ie** und **ier** auslautenden Fremdwörtern, wie: Kolonie, Partie, Philosophie, Papier, Barbier, Manier, Quartier.

4. Endlich in solchen Zeitwörtern mit der Endung **ieren**, deren Stammwort auf ier endigt: barbieren, turnieren, einquartie-

ren, tapezieren. Mit der Endung **iren** schreibt man aus der deutschen, wie aus fremden Sprachen stammende Zeitwörter: halbiren, hausiren, buchstabiren, hantiren, dividiren, geniren, marschiren, elektrisiren, und gestattet das **ie** nur in r e g i e r e n und s p a z i e r e n. Daß die deutschen Wörter frieren, verlieren, schmieren u. s. w. mit **ie** geschrieben werden, versteht sich von selbst, da der Laut im Wortstamm liegt und nicht zur Endung gehört.

5. Mit einem e i n f a c h e n **i** schreibt man

a) die Wörter: Igel, Isegrim, Biber, Lid (Augenlid, zum Unterschied von Lied = Gedicht), Fiber (= Faser, unterschieden von Fieber, Krankheit), wider (= gegen, unterschieden von wieder = noch einmal) und die mit w i d e r zusammengesetzten Wörter widerlich, widersprechen, Widerstreit (während Wiederkehr, Wiederhall, erwiedern);

b) die Fremdwörter: Bibel, Bisam, Fibel, Kamin, Mine (unterirdischer Gang, unterschieden von Miene = Gesichtsausdruck), Maschine, Satire, Titel, Tiger, Lawine, Stil (Schreibart, unterschieden von Stiel an der Pflanze).

c) Die Schreibung von: f i e n g , g i e n g und h i e n g , nächstdem von g i e b s t , g i e b t , g i e b ist schwankend. Das i ist jedenfalls lang. In Norddeutschland entscheidet man sich meistens für die Weglassung des Dehnungszeichens, also: fing, ging, gibt.

## h.

1. Wenn der Mitlaut **h** zwischen zwei Selbstlauten steht, z. B. ge-hen, U-hu, oder am Ende eines Wortes, z. B. geh, froh (verlängert ge-he, fro-he), so hat er eine selbständige Bedeutung und ist nicht Dehnungszeichen. Dasselbe gilt von den zusammengezogenen Zeitwortformen, wie: gehn, glühn — statt: gehen, glühen, und von den Wörtern allmählich, Draht, Mahd (Mähderin), Naht (Nähterin), die von gemächlich, drehen, mähen, nähen herkommen.

2. Als Dehnungszeichen steht **h** v o r d e n S c h m e l z l a u t e n **l, m, n, r**, also: Mahl, wahr, dehnen, ihm, ihr, ihnen.
Um der Unterscheidung willen schreibt man:

Mahl (Gastmahl) und Mal (Denkmal, auch Geburtszeichen am Körper), mahlen (in der Mühle) und Maler, malen (mit Farbe), Mähre (elendes Pferd) und Märe (Erzählung, Märchen), Sohle (am Schuh) und Sole (Salzwasser), Uhr (Zeitmesser) und Ur (Auerochs), Urwelt. Zunahme (von zunehmen) und Zuname (Beiname).

3. Ohne **h** schreibt man: gar, gären, gebären, geboren, gebaren, Feme, Femgericht, Geberde, holen, Hoffart, hoffärtig, küren, Kurfürst, Willkür, mal, einmal, Maler, Gemälde, Märchen, Märe, Melthau, Name, nämlich, Öl, Same, Sole, Span, Spule, Ton, Tau, Walstatt, Walplatz, Wergeld, Werwolf.

## th.

1. Das **th** kommt als Dehnungszeichen nur bei Wörtern vor, die am Anfang oder Ende ein **t** hatten. Das ursprünglich hinter

dem Selbstlaut stehende **h** rückte hinter das **t**, so daß aus tuhn, Tiehr, Noht — thun, Thier, Noth entstand. Es findet sich daher in den Wörtern Geräth, Muth, Noth, Rath, Ruthe, Thau, Theil, Thon, Thor, Thier, Thür, Werth. Bei den Wörtern Thurm und Wirth ist der Selbstlaut sogar kurz.

2. Das **th** in Fremdwörtern und Eigennamen kann nicht als Dehnungszeichen angesehen werden. Man schreibt Athen, Theodor, Thron, Korinth, Lothar, Lothringen, Thüringen, Theodorich, Walther (Heerwalter), Günther, Thusnelda, Mathilde, Bertha.

3. Die neuere Rechtschreibung sucht das **th**, wo es angeht, zu beseitigen. In den meisten Fällen schreibt man daher die Endsilben =at und =ut ohne **h**, also Armut, Monat, Zierat, Heirat; jedoch Demuth (von Muth); ebenso unterscheidet man Ton von Thon, Tau von Thau.

4. Allgemein schreibt man, außer den genannten, ohne **h** die Wörter: Abenteuer, Blut, Blüte (Blüthe), Flut (Fluth), Furt, Glut (Gluth), Grat, Gräte, Hantirung, Heimat, der und die Hut, Kartaune, Kartause, Komtur, Lazaret, Maut, Miete (Miethe), Partei, Partie, Spat, Spaten, das Tau, Unflat, Wermut, Wismut.

## B. Die kurzen Selbstlaute.

### § 10. Verdoppelung des Mitlautes.

1. In den meisten Fällen bezeichnet man die Kürze eines Selbstlautes durch Verdoppelung des darauf folgenden Mitlautes. Z. B. Affe, Halle, Hammer, Tanne, fassen, Kappe u. s. w.

2. Statt des **kk** und des **zz** schreibt man **ck** und **tz**, also: Sack, Rock, Glück — Katze, schätzen, Netz. (Jedoch schreibt man Fremdwörter: Abruzzen, Marokko, Skizze). Statt **tt** schreibt man **dt** nur in dem Worte: die Stadt, um es von Statt = Stätte zu unterscheiden. Schmidt statt Schmied zu schreiben, ist fehlerhaft.

3. Die weiblichen Hauptwörter auf — in (ursprüngliche Schreibung inn) lassen die Verdoppelung erst in der Mehrheit eintreten, z. B. Königin — Königinnen, Freundin — Freundinnen. Ebenso mehrere Fremdwörter auf **s** und **t** wie Atlas — Atlasse, Herkules — Herkulesse, Iltis — Iltisse, Kabinet — Kabinette, Hugenot — Hugenotten.

4. Die Vorsilbe **miß** und die Nachsilbe **niß** verdoppeln bei der Verlängerung den Mitlaut, also: Missethat, Kenntnisse.

### § 11. Nichtverdoppelung des Mitlautes.

1. Eine Nichtverdoppelung findet bei den meisten tonlosen Silben und Wörtern statt, wie: an, man, in, im, bis, von, ab, um u. s. w.

2. Einzelne hochtonige Silben und Wörter verdoppeln nicht den Mitlaut, z. B. Gras, Glas, Rad, Grab, mag, weil der Selbstlaut bei der Verlängerung lang wird: Grab — Gräber, mag — mögen, ebenso Eidam, Bräutigam, Pilgrim, Brosam, bei deren Verlängerung der Selbstlaut kurz bleibt.

3. **Der Mitlaut wird nicht verdoppelt, wenn auf ihn noch andere Mitlaute folgen,** a) in Hauptwörtern, die auf einen durch doppelten Mitlaut geschärften Zeitwortstamm zurückzuführen sind, wie Gunst, Kunst, Brunst, Brand, Geschäft, Gewinst, Schwulst — von gönnen, können, brennen, schaffen, gewinnen, schwellen; b) in Eigenschaftswörtern, von denen dasselbe gilt, wie triftig, kund, inbrünstig, geschäftlich, schwülstig. **Die Verdoppelung wird aber beibehalten** a) in allen geschärften Formen des Zeitwortes: schwimmt, kommst, fällt, schaffst, brennst; b) in Wörtern, die durch Zusammenziehung entstanden sind: Sammt (Sammet), sammt, Zimmt (Zimmet), Wittwe (witibe), bekannt, nackt (nacket); c) in zusammengesetzten und abgeleiteten Wörtern, in welchen der geschärfte Zeitwortstamm erhalten ist: Irrfahrt, Irrthum, Wirrniß, Kenntniß, Erkenntniß, Bekenntniß, Bekanntschaft.

4. **Bei Zusammensetzungen läßt man den doppelten Mitlaut des einfachen Wortes bestehen.** Man schreibt: Schiffbrücke, Rittmeister, Vollblut. Ist die Zusammensetzung der Art, daß drei gleiche Mitlaute entstehen, so wirft man einen aus; also Stilleben, Schiffahrt, Kammacher, Mittag, Schwimmeister — nicht: Stillleben, Schwimmmeister. (Bei Spaltung des Wortes aber: Still=leben).

Der Buchstabe **h** duldet keine Verdoppelung: Hoheit, Roheit, Rauheit — nicht: Rohheit, Rauhheit.


### IV. Schreibung ähnlich klingender Laute.

### § 12. Selbstlaute.

#### ä, e.

1. Das **ä** ist der Umlaut von **a** und wird überall geschrieben, wo es darauf zurückgeführt werden kann, also in allen Biegungs- und Ableitungsformen. Man schreibt Länder (von Land), Bäder (von Bad), fällt (von fallen), sähe (von sah), näher (von nahe), Glätte (von glatt), kämmen (von Kamm), spärlich (von sparen), nämlich (von Name), Ärmel (von Arm).

2. In vielen Wörtern ist das **a** nicht in **ä**, sondern in **e** übergegangen. Behende (von Hand), besser (von baß), edel (von Adel), bequem (von kam), Ferge (von fahren), Gespenst, abspenstig, widerspenstig (von spannen), einhellig (von hallen), fertig (von Fahrt), Gehege (von Hag), Geberde (von gebaren), Henkel (von hangen), Schelle (von schallen), Seckel (von Sack), stemmen (von Stamm), Stengel (von Stange), stets (von stät), gerben (von gar),

gäng und gebe (v. Gabe), der letzte (v. lat), Wildbret (v. braten), Ernte, Esche, Espe, emsig, Grenze, Hering, Hechel, Krempe, schellen, scheckig.

3. Um der Unterscheidung willen schreibt man:
die Aeltern (alte Leute) und die Eltern (Vater und Mutter),
die Färse (Kalb) und die Ferse (am Fuß),
die Lärche (Baumart) und die Lerche (Vogel),
der Schwär (Geschwür) und schwer,
wägen (Gewicht suchen) und wegen (Verhältnißwort),
währen (dauern) und wehren (entgegentreten).

### ai, ei.

1. Das **ai** wird geschrieben in den deutschen Wörtern: aichen, Hain, Laich (der Fische), maischen, Maid; in den Fremdwörtern: Bai, Hai, Kaiser, Laie, Mai; in den Eigennamen: Baiern, Mainz, Krain, Mailand und zum Unterschied von gleichlautenden Wörtern in:
        Hain (Wald) — Hein (der Tod),
        Laib (Brot) — Leib (Körper),
        Rain (Feldweg) — rein (fleckenlos),
        Saite (am Instrument) — Seite (Fläche),
        Waid (Färbestoff) — Weide (Baum), Weid (Weidwerk),
        Waise (elternlos) — Weise (Art), weise (einsichtsvoll).

2. Mit **ei** schreibt man, außer den Wörtern, bei denen die Schreibung zweifellos ist, die Wörter: dreist, der Eiter (zu unter=scheiden von: das Euter), ereignen (obwohl von Auge hergeleitet), Getreide, gescheit, die und der Heide, Heirat, Keiler (Eber), Reiter, reiten (zu unterscheiden von reuten = roden), Papagei, Weizen.

### äu, eu.

1. **äu** ist durch Umlaut aus **au** gebildet. Man schreibt daher: Bäume, Häuser, Fäulniß, gräulich (von grau), täuschen (von Tausch).

2. **eu** wird geschrieben in: greulich (von Greuel), leugnen, Leumund, verleumden.

### i, ü, y.

1. Mit **i** schreibt man: birschen, bezichtigen, Verzicht (von zeihen), flistern, Gebirge, Hilfe, Gehilfe, Hifthorn (Hift ist Laut des Jagdhorns), Kittel, Minze (Kraut), Sprichwort, spritzen, wirk=lich, Findling, ausfindig, spitzfindig, schelsichtig.

2. Mit **ü** schreibt man, außer den durch Umlaut gebildeten Wörtern, die Wörter: gültig (giltig), lügen, trügen, betrügen, Knüttel, Sündflut (wenn von Sünde und nicht von Sin abgeleitet, Sint=flut = große Flut), würdig.

3. **y** ist kein deutscher Laut. Man darf daher nicht: seyn, Schrey, bey schreiben. Dieser Laut kommt nur in Fremdwörtern

vor, wie Syſtem, Phyſik, Pſychologie, Pyramide, Hyperbel u. v. a., obwohl manche Fremdwörter wie: Silbe, Stil, auch mit i geſchrieben werden.

## § 13. Mitlaute.

### b, p.

1. Die Schreibung der Wörter: Bausback, birſchen, Britſche, burzeln, Wildbret mit b iſt richtiger, obwohl weniger gebräuchlich als mit p.

2. Mit p ſchreibt man: Papſt, Propſt (nicht Pabſt und Probſt), Pickelhaube, unpäßlich (die Ableitung von baß = beſſer iſt nicht zu empfehlen).

### c, ch, k.

1. Die Laute c und ch kommen nur in Fremdwörtern vor, wie: Cimon, Citrone, Cither, Cäſar, Charakter, Chriſt, Chronik, Chor, Choral, Chirurg. Es iſt aber ganz üblich, Karte, Kalif, Kalender, Kanone, Kanal, Kanapee u. ſ. w. zu ſchreiben.

2. Kurfürſt und Karfreitag ſind deutſche Wörter und dürfen nicht mit Ch geſchrieben werden, ebenſo Karl. Es iſt außerdem rathſam, in allen bereits eingebürgerten Fremdwörtern, in denen das c wie k geſprochen wird, auch k zu ſchreiben. Alſo: Kalender, Kamerad, Kanone, Kanzel, Katechismus, Kolon, Kolonie, Köln, Kanal, Kapelle, Kapitel, Kapital, Klaſſe, Klima, Komma, Kubikfuß, Komödie, Kompaß.

### d, t, dt.

1. Mit d ſchreibt man Tod und unterſcheidet es von todt. Vom Eigenſchaftswort todt kommt: tödten, tödtlich; vom Hauptwort Tod kommt: todmüde, todkrank, Todſchlag. Man ſchreibt deutſch (nicht teutſch), Jagd, Magd, Ried.

2. Mit t ſchreibt man: Brot, Ernte, Schwert, geſcheit; ferner unentgeltlich (von entgelten), Tinte (Dinte iſt weniger gebräuchlich).

3. Das dt ſchreibt man richtig, wo es aus der Silbe det entſtanden iſt, alſo in: beredt (aus beredet), gewandt (aus gewendet), ſandte (aus ſendete). Dagegen ſchreibt man Beredſamkeit, redſam (von reden).

### g, ch.

1. ig wird geſchrieben in den Wörtern: Eſſig, Honig, Käfig, König, Pfennig, Zeiſig und in durſtig, heftig, muthig, billig, adlig (obwohl aus adel-lich gebildet), unzählig, mannig-fach, -faltig.

2. ich wird geſchrieben in allen Eigenſchaftswörtern auf =lich, alſo königlich, ärmlich, herzlich, allmählich, aber nicht in unzählig, buckelig, billig. Ebenſo ſchreibt man die Hauptwörter: Eppich,

Estrich, Fittich (Fittig), Zwillich, Drillich, Kranich, Lattich, Rettich, Sittich, Teppich, Pfirsich mit **ch**.

3. **icht** schreibt man in: dornicht, Dickicht, thöricht, Habicht, Kehricht.

### f, v, ph

1. **f** schreibt man in allen ursprünglich deutschen Wörtern: Adolf, Rudolf, Ludolf, Westfalen, Ostfalen, Feste (Festung), fest, aber nicht in Epheu (das aus Ep=heu, Eppich zusammengesetzt ist). Man schreibt es ferner in den Fremdwörtern Elfenbein, Fasan, Sofa.

2. **ph** kommt nur in Fremdwörtern vor: Philipp, Pharao, Prophet, Pharisäer, Strophe, Triumph, Geographie u. v. a.

3. **v** lautet in deutschen und eingebürgerten Fremdwörtern wie f, also in: Vers, Vogt, Vieh, Veilchen, Vogel, Volk, Vließ. Manche Wörter lassen die Verwandtschaft mit f erkennen, wie in voll, völlig, Fülle, vor, fördern, fürder. In Fremdwörtern wird es wie **w** ausgesprochen, so in Nerve, Pulver, Sklave, Klavier u. a.

### f, s.

f steht am Anfange eines Wortes oder einer Silbe, s am Schluß, also: sehr, satt — lesen, Nase — Glas, Haus. In zusammengesetzten und abgeleiteten Wörtern, von denen das erstere mit **s** schließt, kommt das s auch als Inlaut vor, also in: Hausdiener, lesbar, Röschen, lossagen, weshalb, deswegen. Verschmolzen ist das **sf** zu **ff** in dasselbe, desselben, diesseit (Verhältnißwort, nicht zu verwechseln mit dem Umstandswort diesseits — ebenso jenseit und jenseits), weissagen. Ebenso verschmilzt das f mit einem darauf folgenden t zu **st**. Also: bläst, liest, reist, gereist, löst, Dienstag, Donnerstag. (Bei Spaltung der Wörter muß man nach § 4, 2 a dies=seits, Donners=tag schreiben.)

### ff, ß.

1. **ff** steht zwischen zwei Selbstlauten, von denen der erste kurz und zugleich betont ist; z. B. lassen, essen, missen, geschlossen, Russen, müssen.

2. **ß** steht statt **ff**:

a) stets nach einem langen Selbstlaut, sei er ein einfacher oder ein Doppellaut, also in: außen, gießen, Maß, Muße u. f. w.

b) am Schluß des Wortes als Auslaut, wenn der vorangehende Selbstlaut kurz ist: Fluß, Kuß, Schuß, naß, schoß, floß, indeß, unterdeß.

c) überall als Auslaut, wenn dieser aus **ff** entstanden ist oder darein verwandelt werden kann: Faß (fassen), Haß (hassen), Schluß (Schlüsse), Roß (Rosse). Kompaß (compasso), Küraß (la cuirasse).

d) vor **t**, wenn der S—laut aus **ſſ** entſtanden iſt: faßt, haßt, küßt, mißt, mußte.

## r, chſ, chs, ckſ, cks.

1) Mit **r** ſchreibt man: Alexander, Axt, Examen, Text, Exempel, Firſtern, Hexe, Nix, Nixe, Taxe, Xaver u. a.

2) Mit **chs** und **chſ** ſchreibt man: Dachs, Lachs, Fuchs, Ochs, Flachs, Wachs, Gewächs, Buchsbaum, ſechs, Achſe, Achſel, Büchſe, Eidechſe, Flechſe, drechſeln, Wechſel, wechſeln, Sachſen, wachſen, Weichſel, Wichſe u. a.

3) Mit **cks** und **ckſ** ſchreibt man: Klecks, Knicks, druckſen, muckſen, duckſen, knackſen.

## V. Schreibung einzelner Biegungsformen.

### § 14. aus der Declination des Hauptwortes.

1. Mehrere männliche Wörter haben im erſten Falle die doppelte Endung **e** und **en**, obwohl man ſich ſchon bei den meiſten für die erſtere entſcheidet: Buchſtabe (Buchſtaben) — Same (Samen) — Name (Namen) — Drache (Drachen) — Friede (Frieden) — Fußtapfe (Fußtapfen) — Gedanke (Gedanken) — Glaube (Glauben) — Haufe, Haufen („der große Haufe läuft dem Schwärmer nach," ein Haufen Holz.) — Funke (Funken) — (Schatte) Schatten — Schade (Schaden) — (Tropfe) Tropfen — Wille (Willen). Auch einſilbige Wörter kommen mit der Endung **en** vor: Bolz, Bolzen — Daum, Daumen — Fels, Felſen — Gaum, Gaumen — Riem, Riemen — Schreck, Schrecken.

2. Bei einigen weiblichen Wörtern auf **e** findet ſich in dichteriſcher Sprache für den 2. und 3. Fall der Einheit die veraltete Endung **en**, z. B.

Von Gottes Gnad**en**. Feſtgemauert in der Erd**en**. Röslein auf der Heid**en**. An das Licht der Sonn**en** u. a.

3. Ueber das **s** als Genitiv-Zeichen der ſtarken Declination merke man Folgendes:

a) Für Eigennamen mit Vornamen oder Titel gilt die Regel, daß nur der letzte Name declinirt wird: Friedrich Schillers Gedichte, König Friedrichs Kriege, Hofrath Meiers Kinder. Steht der Artikel vor dem Titel, ſo wird der letztere declinirt: des Königs Friedrich Kriege, die Werke des Dichters Schiller.

b) Eigennamen, die auf **s**, **r**, **ß** und **z** endigen, erhalten ſtatt des Genitiv-s den Apoſtroph: Cyrus' Leben, Sophokles' Tragödien, Horaz' Oden, Strauß' Leben Jeſu, Felix' Handſchrift, wenn man es nicht vorzieht, den Artikel oder die Präpoſition „von" vor ben Namen zu setzen: das Leben des Cyrus, die Oden des Horaz, das Leben Jesu von Strauß. In der Umgangssprache bildet man statt des s die Endung ens: Fritzens, Maxens, Voßens, Hansens.

c) Bei Adelsnamen ist der Gebrauch des s, je nach dem der Adel an der Person oder am Orte haftet, verschieden. Man sagt: Friedrich von Schillers Werke, Heinrich von Kleists Gedichte. Dagegen schreibt man: das Leben Rudolfs von Habsburg, Ulrichs von Schwaben.

d) Das Genitiv-s als Bindezeichen in zusammengesetzten Wörtern, wie Hilfsmittel, Wahrheitsfreund, kann weggelassen werden, wenn dadurch eine Härte vermieden wird, besonders, wenn das darauf folgende Wort mit st und sch beginnt, also: Friedrichstraße, Tiefstraße, Geschichtschreiber, Gesichtschmerz.

4. Das e im 3. Fall der Einheit in der starken Declination ist überall zu schreiben, wenn der Wohllaut dadurch nicht beeinträchtigt wird: dem Freunde, dem Jünglinge, dem Gedichte, dem Bündnisse, dem Fittiche. Im Gegentheil läßt man es fort: dem Geschrei, dem Abscheu, dem Januar, dem August, dem Satan, besonders auch in formelhaften Wortpaaren: mit Mann und Maus, mit Weib und Kind, mit Stumpf und Stiel, von Land zu Land, von Haus zu Haus, mit Kopf und Kragen, mit Hand und Mund u. s. w.

5. Der 3. und 4. Fall der Einheit von männlichen Personennamen und von weiblichen mit der Endung e nehmen in der Umgangssprache die Endung en an, z. B. Ich sage es Fritzen, Görgen, Luisen, Marien; ich sehe Fritzen, Luisen. In Briefen ist diese Schreibweise daher gestattet.

6. Die Mehrheit mancher Wörter hat Doppelformen:

Band: die Bande (Einheit das Band — Verbindung, Fessel), die Bänder (von Stoff), die Bände (Einbände, Tonnenbände, Einheit der Band).

Bank: die Bänke (zum Sitzen), die Banken (Geldinstitute).

Bett: die Bette (Flußbette), die Betten (Ruhelager).

Ding: die Dinge (Sachen), die Dinger (Verkleinerung von Personen).

Dorn: die Dornen (eine Art Gesträuche), Dörner (Spitzen des Dornbusches).

Fuß: die Füße (gew. Mehrh.), Fuße, (eine Strecke von mehreren Fußen).

Gesicht: Gesichte (Visionen), Gesichter (Physiognomien).

Gewand: Gewande (dichterisch), Gewänder (gewöhnl. Mehrheit).

Land: Lande (dichterisch), Länder (gew. Mehrheit).

Licht: Lichte (Leuchtstoffe), Lichter (leuchtende Gegenstände).

Mal: Male (Zeichen), Mäler (Geburtsfehler).

Mann: Mannen (Krieger), Männer (gew. Mehrh).

Mensch: Menschen (gew. Mehrh.), Menscher (böse Weiber, Einh. das Mensch).

Mond: Monde (Himmelskörper), Monden (Monate).

Ort: Orte (allgemein), Oerter (bestimmt begrenzt).

Schild: Schilde (Einh. der Schild = Waffe), Schilder (Einh. das Schild = Aushängezeichen).

Schnur: Schnüre (Einh. die Schnur), Schnuren (die Schwiegertöchter).

Stift: Stifte (spitzes Instrument, Einheit der Stift), Stifter (Stiftung, Einheit das Stift).

Strauß: Strauße (Vögel), Sträuße (Blumengewinde).

Thal: Thale (dichterisch), Thäler (gew. Mehrh.).

Tuch: Tuche (Tucharten), Tücher (Kleidungsstücke).

Wort: Worte (zusammenhängende Rede), Wörter (einzelne durch die Sprache bezeichnete Begriffe).

Wurm: Wurme (veraltet und dichterisch), Würmer (gew. Mehrh.).

Zoll: Zölle (Abgaben), Zolle (eine Länge von drei Zollen).

7. Die Mehrheit auf **s** kommt nur in Fremdwörtern vor, z. B. die Genies, die Lords, die Sofas u. a. In der ungebildeten Sprache hört man: die Jungens, die Kerls, die Mädels, die Mamsells, die Doctors, die Fräuleins, die Generals.

8. Die Endung **i—en** in der Mehrh. findet sich nur in dem deutschen Worte die Kleinodien (obwohl besser: die Kleinode), in dem Fremdworte die Kapitalien und in den lateinischen Wörtern auf **ium**, die dann in der Einheit stark declinirt werden: des Collegiums, die Collegien.

9. Fremdwörter nehmen in der Mehrheit keinen Umlaut an: Admiral, Admirale — Archivar, Archivare — Seminar, Seminare — General, Generale — Kaplan, Kaplane, nicht Admiräle, Kapläne; wohl aber schreibt man: Altäre, Karbinäle, Hospitäler.

10. Die eigenthümlichen Formen des 3. Falls der Mehrh. in den Redensarten: zu Handen, zu Häupten, mit Händ und Füßen, in Tag und Nächten ("von tausend durchgeweinten Tag und Nächten," Goethe) stehen vereinzelt da.

11. Die Fremdwörter auf **us** nehmen keine besondere Endung an. Man schreibt daher: des Cultus, des Luxus. Man declinirt aber die Apostelnamen Petrus und Paulus: Petri, Petro, Petrum, Petre (Anrede), ebenso Paulus; Jesus Christus: Jesu Christi, Jesu Christo, Jesum Christum, Jesu Christe.

## § 15. aus der Declination andrer Wortklassen.

1. des Eigenschaftswortes.

a) Die Declination der Eigenschaftswörter auf **el, en, er** stößt oft das **e** aus. Man schreibt häufiger: dunkle

Stube, goldne Träume, düftre Wege, als: düftere, goldene, dunkele. Bei den Eigenschaftswörtern auf el verschiebt sich das e, indem man theils: die dunkeln, theils die dunklen schreibt. In ähnlicher Weise wird auch statt unserem, euerem, unseren richtiger geschrieben: unserm, euern. Dieselbe Ausstoßung des e findet auch bei Comparativen statt. Man sagt nicht: diese Farbe ist dunkeler, sondern „dunkler" als jene.

b) Für den 2. Fall der Einheit bedient man sich in attributiven Ausdrücken oft der Endung en statt es. Man schreibt: Er ist guten Muthes, klaren Blickes, obwohl die richtige Form: gutes Muthes wieder herrschend zu werden scheint.

c) Vom 2. Fall der Mehrh. des persönlichen Fürworts erster und zweiter Person findet man in sonst guten Schriften oft die unrichtige Endung rer statt er, z. B. er erinnert sich unsrer, Eurer — statt unser, Euer. Die Endung rer ist zu beseitigen, da sie dem besitzanzeigenden Fürwort angehört, z. B. das Band unsrer, eurer Freundschaft, die Liebe unsrer Eltern. Man sagt richtig: unser eines = einer von uns.

## 2. des Zahlwortes.

a) Vollständige Declinationsendungen finden sich bei den Zahlwörtern eins, zwei, drei also: Eines, Einem, Einen, Eine, Einer — zweier, zweien — dreier, dreien. — Die Zahlen 4—12, außer 7, nehmen beim substantivischen Gebrauch die Endung e an, also: Neune; Zwölfe; alle Zahlen die Endung en, z. B. von zwölfen, zwanzigen. Hundert, Tausend erhalten Endungen, wenn sie, als Hauptwörter gebraucht, so viel bedeuten, wie mehrere hundert, tausend, z. B. Hunderte von Thalern, Tausende von Menschen. Zween (männlich), zwo (weiblich), zwier (= zweimal) sind veraltete Formen.

b) Von den Grundzahlen schreibt man folgende doppelt: funfzehn und fünfzehn, siebzehn und siebenzehn, siebenzig. Man schreibt: dreißig, sechzehn, sechzig, nicht: sechszehn, sechszig.

c) Das unbestimmte Zahlwort mehrere heißt so viel, wie „ziemlich viele" und darf nicht mehre geschrieben werden. Man sagt aber: Ich habe mehr Bücher als du, nicht: mehrere oder mehre. Ebenso darf man nicht „das Mehrste" statt „das Meiste" schreiben.

d) Wenn hinter den unbestimmten Zahlwörtern viele, etliche, mehrere, wenige, manche ein das Hauptwort näher bestimmendes Eigenschaftswort steht, so ist es am rathsamsten, beide im 1. Fall stark zu decliniren, also: viele neuere Schriftsteller; dagegen im 2. Fall vieler neueren Schriftsteller; die Ansichten weniger verständigen Leute; das ist die Orthographie mancher alten, nicht neueren Bücher. Hinter „alle" stehende Fürwörter werden durchweg stark, Eigenschaftswörter schwach declinirt, also: alle meine Freunde, das Grab aller unsrer Hoffnungen; alle guten Geister, alle meine lieben Freunde, der Besuch aller unsrer alten Freunde.

e) Das unbestimmte Zahlwort all wird in der Einzahl declinirt: aller Muth, alle Kunst, alles Wissen. Wenn der Artikel oder ein besitzanzeigendes Fürwort darauf folgt, so wirft es, jedoch nur in der Einzahl, die Endung fort: All meinen Sehnen; all mein Muth ist mir entwichen; was soll all der Schmerz und Lust?

f) Das Fürwort ein und derselbe wird als ein Wort betrachtet. Man schreibt daher nicht: eine und dieselbe, eines und desselben, sondern: ein und dieselbe, ein und dasselbe, ein und desselben, ein und demselben.

### 3. des Fürwortes.

a) Der 2. Fall der Einheit von den Fürwörtern der und wer heißt dessen und wessen. Neben diesen Formen gab es noch die verkürzten Formen des und wes, die nicht aus einer Zusammenziehung von dessen und wessen entstanden sind. Sie kommen in den Wörtern deshalb, deswegen, desgleichen, weshalb und weswegen vor, welche man daher nicht deßhalb und weßhalb schreiben darf.

b) Das nicht declinirbare Fürwort selbst, der Superlativ von selb, kommt nur in Zusammensetzungen vor, wie: selbander, selbständig, selbiger, selbzwölfter, derselbe. In allen andern Zusammensetzungen bleibt das st erhalten: Selbstsucht, Selbstrache, Selbstgefühl.

c) Das fragend und ausrufend gebrauchte Fürwort welcher und das hinweisende solcher werfen, wenn der unbestimmte Artikel darauf folgt, die Endung stets ab: welch ein Mensch, solch ein Wort. Andernfalls geschieht es bisweilen.

## § 16. aus der Conjugation des Zeitwortes.

1. Bei mehreren Zeitwörtern ist eine doppelte Mitvergangenheit (Imperfect) gebräuchlich, wobei zu beachten ist, daß die klangvolle Form der alten Conjugation möglichst erhalten bleibe. Es sind folgende:

| | | |
|---|---|---|
| backen | buk<br>backte | gebacken |
| sich befleißen | befliß<br>(befleißte) | beflissen |
| braten | briet<br>bratete | gebraten |

| | | |
|---|---|---|
| fragen | (frug)<br>fragte | gefragt |
| gären | gor<br>gärte | gegoren |
| gleiten | glitt<br>gleitete | geglitten<br>gegleitet |
| glimmen | glomm<br>glimmte | geglommen<br>geglimmt |
| keifen | (kiff)<br>keifte | gekiffen<br>gekeift |
| (er)kiefen | erkor<br>erkiefete | erkoren<br>erkiest |
| (be) kleiben | beklieb<br>bekleibte | beklieben<br>bekleibt | (der Baum beklieb nicht,<br>d. i. wuchs nicht.) |
| klimmen | klomm<br>klimmte | geklommen<br>(geklimmt) |
| laden | lud<br>ladete | gelaben |
| melken | molk<br>melkte | gemolken<br>gemelkt |
| preifen | pries<br>(preifete | gepriefen<br>gepreist) |
| rufen | rief<br>(rufte) | gerufen |
| saugen | sog<br>saugte | gesogen<br>gesaugt |
| schallen | scholl<br>schallte | geschollen<br>geschallt |
| schneien<br>(nicht schneen) | (schnie<br>schneite | geschnieen)<br>geschneit |
| sinnen | sann<br>sinnte | gesonnen<br>gesinnt |
| stecken | stak<br>steckte | gesteckt |
| stieben | stob<br>stiebte | gestoben<br>gestiebt |
| sprießen | sproß<br>sprießte | gesprossen<br>gesprießt. |
| waschen | wusch<br>(waschte) | gewaschen |

2. Folgende Zeitwörter bilden das Mittelwort (Particip) der Vergangenheit entweder unregelmäßig oder doppelt:

| falten | faltete | — | gefalten, gefaltet |
| mahlen | mahlte | — | gemahlen |
| salzen | salzte | — | gesalzen |
| schroten | schrotete | — | geschroten, geschrotet |
| verhehlen | verhehlte | — | verhohlen, verhehlt |
| verwirren | verwirrte | — | verworren, verwirrt |
| wägen | wägte | — | gewogen. |

3. Die Hilfszeitwörter **dürfen, können, mögen, sollen, wollen, müssen** haben statt der Mittelwortsformen: geburft, gekonnt, gemocht, gesollt, gewollt die Infinitivformen, wenn sie zum Infinitiv eines andern Zeitwortes gehören. Man schreibt daher nicht: kommen **gewollt**, schreiben **gekonnt**, sondern: ich habe kommen **wollen, müssen, sollen** u. s. w. Dasselbe gilt auch von den Zeitwörtern: **heißen, lassen, helfen, lehren, sehen, hören,** wenn sie durch einen Infinitiv ergänzt werden. Man schreibt nicht: Ich habe ihn kommen gelassen, gehört, gesehn, sondern: kommen **hören, sehen, lassen** u. s. w.

4. Eine Anzahl von Zeitwörtern bildet die Mitvergangenheit und das Particip der Vergangenheit doppelt, je nachdem sie transitiv oder intransitiv gebraucht werden, oder die Bedeutung eine verschiedne ist:

| bewegen | er bewog ihn zur Reise — hat bewogen<br>er bewegte das Rad — hat bewegt |
| bleichen | die Leinwand blich — ist geblichen<br>sie bleichte die Leinwand — hat gebleicht |
| bescheren | er beschor das Schaf — hat beschoren<br>er bescherte die Kinder — hat beschert |
| gleichen | er glich seinem Bruder — hat geglichen<br>er gleichte — hat gegleicht („es gleichte schon die Wage<br>am Himmel Nächt' und Tage.") |
| löschen | das Feuer losch — ist geloschen<br>er löschte das Feuer — hat gelöscht |
| schaffen | er schuf das Werk — hat geschaffen<br>er schaffte (brachte etwas hinter sich) — hat geschafft |
| schleifen | er schliff auf dem Eise (schloff: die Gaiß schloff hin<br>und her) — ist geschliffen.<br>er schleifte das Messer — hat geschliffen (geschleift z. B. |
| schmelzen | das Eisen schmolz — ist geschmolzen  [Festungswerke)<br>er schmelzte das Eisen — hat geschmelzt |
| (er)schrecken | er erschrak — ist erschrocken<br>er erschreckte mich — hat erschreckt |

| | |
|---|---|
| schwellen | die Hand, das Wasser schwoll — ist geschwollen<br>der Wind schwellte das Segel — hat geschwellt |
| pflegen | er pflog Unterhandlungen — hat gepflogen<br>er pflegte (veraltet und dichterisch pflag) das Kind — hat gepflegt |
| quellen | das Wasser quoll — ist gequollen<br>die Köchin quellte die Erbsen — hat gequellt |
| wiegen | die Waare wog — hat gewogen<br>er wiegte sich, das Kind — hat gewiegt |
| weben | es wob um mich — hat gewoben<br>er webte den Teppich — hat gewebt |
| weichen | er wich dem Feinde — ist gewichen<br>er weichte den Thon — hat geweicht. |

5) Manche Zeitwörter haben im Conjunctiv der Vergangenheit einen doppelten Umlaut. Der eine wird aus dem jetzt geltenden, der andre aus dem veralteten Stammlaut der Vergangenheit gebildet. Man schreibt:

ich bärste (von barst) — ich börste (von borst)
ich besänne (von besann) — ich besönne (von besonn)
ich begänne (von begann) — ich begönne (v. begonn)
ich befähle (von befahl) — ich beföhle (von befohl)
ich fände (von fand) — ich fünde (von funb)
ich gälte (von galt) — ich gölte (von golt)
ich gewänne (v. gewann) — ich gewönne (v. gewonn)
ich höbe (v. hob) — ich hübe (v. hub)
ich hälfe (v. half) — ich hülfe (v. hulf)
ich spänne (v. spann) — ich spönne (v. sponn)
ich stände (v. stand) — ich stünde (v. stund).

6. Die befehlende Redeweise (Imperativ) der schwach conjugirten Zeitwörter hat stets die Endung e. Man schreibt: lerne, lobe, liebe. Von stark conjugirten Zeitwörtern nimmt die Befehlsform, deren Stammlaut ein andrer ist, als der der 1. Person der Gegenwart, nicht die Endung e an. Man schreibt daher: nimm, sprich, sieh (bei Luther: siehe), tritt; denn die Gegenwart lautet: ich nehme, spreche, sehe, trete. Die andern Zeitwörter der starken Conjugation bilden den Imperativ bald mit der Endung e, bald ohne dieselbe. Man schreibt: schreib und schreibe, lauf und laufe, trink und trinke.

7. Einige Zeitwörter, deren Stamm ie mit den Lauten z, ch, h und ß schließt, und das Zeitwort bieten haben für die 2. u. 3. Pers. d. Einh. in der Gegenwart und für die 2. Person des Imperativs in der Einheit dichterische Nebenformen auf eu. Man schreibt:

biegen — du beugst, er beugt, beug
kriechen — du kreuchst, er kreucht, kreuch

fließen — er fleußt, fleuß
fliehen — du fleuchst, er fleucht, fleuch
ziehen — du zeuchst, er zeucht, zeuch
bieten — du beutst, er beut, beut.

## VI. Schreibung der Fremdwörter.

§ 17. Die im Deutschen gebräuchlichen Fremdwörter sind
meistens entweder aus den beiden Hauptsprachen des Alterthums,
der griechischen und lateinischen, oder aus der französischen Sprache
entlehnt. Viele von ihnen sind bereits vollständig eingebürgert und
gelten als deutsche Wörter, andere stehen in der Mitte, ein großer
Theil endlich gehört fast ganz der fremden Sprache an. Darnach
bestimmen sich die Regeln für die Schreibung.

1. Man begeht im allgemeinen keinen Fehler, wenn man die
ursprüngliche Schreibart der Fremdwörter beibehält. Man schreibt
also: Chef, Chaise, Chaussee, Courage, Couvert, Bassin, Bouillon,
Bouquet, Billard, Dessin, Dejeuner, Diner, Assemblée, Façon,
Ressource, Reveille u. a.

2. Bei den aus der griechischen Sprache entlehnten Wörtern
achte man insbesondere auf die Mitlaute **ch, k, th, rh, ph** und
den Selbstlaut **y**. Man schreibe: **Charakter,** Anekdote, Akademie,
Apotheke, **Rhythmus, Philosophie,** Triumph, **Physik,** psychisch,
Idylle, Hypothek, Hypothese, Hyperbel u. v. a.

3. Die aus der lateinischen Sprache stammenden Wörter behalten ihr **c, cc,** ebenso behalten sie **t** vor **ia, ie** und **io.**
Man schreibe: Princip, Medicin, Procent, Citrone, Consonant, Com-
mandant, Conditor, Candidat, December, Indicativ, Vocal, Subject — Accent, Accusativ, Accise, Accord — Gratial, Licentiat,
Patient, Lection (aber Flexion von flexio), Nation, Portion, Operation 2c.

4. Die eingebürgerten Fremdwörter verwandeln das griechische
**ch** in **k,** das lateinische **c** in **k** und **z,** das französische **ch** und **qu**
in **sch** und **k,** z. B. Karte — Kapitän, Kanone, Kabinet, Klasse,
Kreuz, Klausel, Artikel, Akten — Zirkel, Provinz, Justiz, Miliz —
Marsch, Maschine, Schaluppe, Schaffot, Schatulle, Broschüre —
Fabrik, Pike, Maske, Barke, Packet, Etikette, Perrücke.

In Betreff der Verwandlung des lateinischen **c** in **k** beobachte
man die Regel, in Wörtern der Umgangssprache das **k** anzuwenden,
in wissenschaftlichen Ausdrücken das **c** beizubehalten. Ebenso dürfte
bei Schreibung mit lateinischen Buchstaben das **c,** mit deutschen das
**k** vorzuziehen sein.

5. In Wörtern, welche aus dem Französischen entlehnt sind
und ihre Aussprache vollständig behalten haben, schreibt man oft
statt des französischen ai — **ä,** statt eu — **ö,** statt ou — **u,** statt
u — **ü,** also: Domäne, Militär, Porträt, Möbel, Pöbel, religiös
(aber Redacteur, Regisseur u. a.), Luise, Lectüre u. a.

6. Einzelne aus dem Französischen stammende Wörter mit einfachem Mitlaut verdoppeln denselben im Deutschen. Es sind: Gruppe (groupe), Suppe (soupe), Schaffot (échafaud), Truppe, Galopp, Schaluppe, Staffette, Flanell, Krepp, nett, violett; andere behalten die ursprüngliche Schreibart, so: Bajonnet, Controle, Palast.

## VII. Anwendung des Apostrophs (').

**§ 18.** Der Apostroph (Kürzungszeichen) findet im oder am Worte dann eine Anwendung, wenn ein Laut oder eine Silbe weggelassen ist, und ohne Apostroph sich eine Zweideutigkeit oder Härte bemerklich machen würde.

1. Der Apostroph ist zu setzen:

a) vor **s** (für es), wenn es sich an einsilbige Formwörter: ich's, mir's, wer's, wo's, wie's, du's, ob's anlehnt; ebenso nach klingend und nicht klingend auslautenden Zeitwortformen: thu's, schau's, bereu's, sei's — ist's, hat's, soll's, darf's, thut's, geht's.

b) vor **'ne, 'ner, 'nes, 'nem, 'nen** (für eine, einer, eines, einem, einen). Z. B. Thät wie 'ne Drossel singen; er gab 'nen Pfennig dafür.

c) als Bezeichnung des weggefallenen **e**, am Schluß einer Haupt-, Eigenschafts- und Zeitwortsform, also: Lieb' und Treue, Händ' und Füße, (aber nicht: mit Mann' und Maus, mit Hand und Mund', sondern: mit Mann und Maus, mit Hand und Mund) — reif', trüb' — er komm', er käm', ich wär' — ging' er, so blieb' ich, sag' mir, mußt' ich, bleib' hier.

d) beim Wegfall des inlautenden **e**, wenn dadurch eine Zweideutigkeit vermieden wird. Z. B. er ras'te (nicht raste), er kos'te (nicht koste), daß ihr sei't; aber: er reist, speist, ihr last, ihr laßt.

e) als Zeichen des 2. F. vor **s** nach Eigennamen mit klingendem Auslaut. Z. B. die Lage Europa's, der Tod Darnley's, die Regierung Maria's. Bei consonantisch auslautenden Eigennamen wird der Apostroph nicht gebraucht: Schillers Gedichte, Grimms Märchen, Frankreichs Flüsse, Asiens Gebirge. (Vergl. § 14. 3, b.)

f) als Bezeichnung des ausgefallenen **i** in den Nachsilben **ig** u. **isch**. Z. B. Bleib Du im ew'gen Leben mein guter Kamerad.

Hoher Sinn liegt oft im kind'schen Spiel.

g) in der dichterischen Sprache als Bezeichnung einer Weglassung, die in der prosaischen Rede nicht vorkommen darf.

Ich hör' mein' Schatz,
Den Hammer er schwinget.
König Wilhelm hatt' ein' schweren Traum.
Kein' beßre Lust in dieser Zeit.
Des ewigen Vaters einig Kind
Jetzt man in der Krippen find't.

Er bind't's Pferd hauß' an.
Die Sonne hoch am Himmel 'rauf.

2. Der Apostroph ist wegzulassen:

a) beim Wegfall des inlautenden **e** in den Flexionsendungen **es, em, en, est, et, e.** Z. B. Königs, unserm, euern, lebst, geht, gelesne Bücher.

b) beim Wegfall des inlautenden **a** in den Wörtern dran, drein, drin, droben, drauf, drunter, drüber und des **i** in der Nach=silbe **isch** von Eigennamen: die Uhlandschen Gedichte, die Schleier=machersche Glaubenslehre.

c) bei der Zusammenziehung von Verhältnißwörtern mit den Artikelformen **der, dem, den, das,** z. B. ans, aufs, ins, durchs, vom, unterm, übern, hinterm, zur, beim u. s. w.

Z. B. Roland ritt hinterm Vater her.
Dann barg er's unterm Kleide gut.
Hinab ins tiefe Thal.
Er kommt ans finstre Räuberhaus.
Was hör' ich kommen übers Meer?

d) hinter **welch, solch, all.** Z. B. Solch ein Tag, welch ein Mann, all die Lust.

## VIII. Schreibung der Satzzeichen (Interpunction).

**§ 19.** Die Interpunction macht innerhalb der zusammenhängenden Rede durch besondre Zeichen die Gliederung derselben anschaulich und erleichtert zugleich beim Lesen das Verständniß, indem sie auf Betonung und Pausen hinweist. Die Interpunctionszeichen sind folgende: 1. der Punkt (.) 2. das Komma (,) 3. das Semikolon (;) 4. das Kolon (:) 5. das Fragezeichen (?) 6. das Ausrufungs=zeichen (!) 7. der Gedankenstrich (—) 8. die Parenthese, Klammer, Einschließungszeichen ( ), oder [ ], oder — ... —, 9. das An=führungszeichen („ “).

1. **Der Punkt** steht a) am Ende eines abgeschlossenen Satzes, derselbe mag ein einfacher oder ein zusammengesetzter sein. Z. B. Aller Anfang ist schwer. Mit der Zeit pflückt man Rosen. — Wer sich nicht nach der Decke streckt, dem bleiben die Füße un=bedeckt. Alle Menschen groß und klein spinnen sich ein Gewebe fein, wo sie mit ihrer Scheren Spitzen gar zierlich in der Mitte sitzen. Die Menschen fürchtet nur, wer sie nicht kennt, und wer sie meidet, wird sie bald verkennen.

b) am Schluß einer Überschrift.

2. **Das Komma** steht nie im reinen einfachen, sondern
A. im erweiterten einfachen Satze:

a) als Scheidezeichen nebengeordneter Satztheile (Subjecte, Prädicate, Attribute, Objecte, adverbiale Bestimmungen).

Z. B. Der Herbst, die Jagd, der Markt ist nicht mehr mein. — Sei pünktlich, gehorsam, aufmerksam, fleißig. — Die Völker Griechenlands, Kleinasiens, Italiens, Spaniens, Frankreichs bilden den wesentlichsten Bestandtheil der alten Geschichte. — Mit Bildern, Zeichen, schaurig, fremd, ein weißes, weites, wallendes Hemd. — Friedrich der Große siegte bei Molwitz, Hohenfriedberg, Sorr, Kesselsdorf, Roßbach, Leuthen.

Werden die aufgezählten Wörter durch und verbunden, so ist kein Komma zu setzen. Z. B. Es wallet und siedet und brauset und zischt. Drinnen waltet die züchtige Hausfrau und herrschet weise im häuslichen Kreise und wehret den Knaben und reget ohn' Ende die fleißigen Hände.

Ebenso steht kein Komma, wenn von zwei Eigenschaftswörtern das eine zum Begriff des Hauptwortes gehört, z. B. ein kräftiger alter Mann = ein kräftiger Greis; ein begabter junger Mann = begabter Jüngling, die nördliche gemäßigte Zone, guter rother Wein.

b) nach einem durch ein folgendes Für= oder Um= standswort verstärkten Hauptworte:
Z. B. Des Königs trotz'ge Krieger, sie beugen sich vor Gott. Der Mond, der hat alles ins Helle gebracht. Der Kirchhof, er liegt wie am Tage. Die Glocke, sie donnert ein mächtiges Eins. Im hohen Meer, da war der Königin Haus. Das Blatt, ich leg's in eure Hand.

Ebenso, wenn das Fürwort voransteht und das Hauptwort folgt: Z. B. Sie kommen, sie nahen, die Himmlischen alle.

B. im zusammengesetzten Satze, und zwar<br>I. in der Satzreihe:

a) zwischen kurzen aneinandergefügten selbständigen Sätzen.
Z. B. Der König sprach, der Knabe lief, der Knabe kam, der König rief. Das Wasser rauscht', das Wasser schwoll, ein Fischer saß daran.

b) zwischen aneinandergefügten selbständigen Sätzen, die durch **und** verbunden sind.
Z. B. Der Knabe ging zu jagen, und es treibt und reißt ihn fort. Seine Wort' und Werke merkt' ich und den Brauch, und mit Geistesstärke thu' ich Wunder auch. Der Mensch denkt, und Gott lenkt.

Das Komma darf nicht gesetzt werden, wenn die mit und verbundenen Sätze gemeinschaftliche Satzglieder haben.
Z. B. Der Sänger drückt' die Augen ein und schlug in vollen Tönen. Die Ritter schauten muthig drein und in den Schooß die Schönen. Zwischen Trug und Wahrheit schwebet noch zweifelnd jede Brust und bebet und huldiget der furchtbarn Macht. —

Dasselbe gilt von den Bindewörtern oder, als, wie, sowie, sowohl als auch, wenn sie nur Satzglieder verbinden.

Z. B. Du mußt herrschen oder dienen, Amboß oder Hammer sein. Er ist besser als sein Ruf. Er ißt wie ein Vogel. Er starb wie ein Mann. Er sowohl als auch sein Freund standen vor Gericht u. s. w.

c) Vor den Bindewörtern der Erweiterung, des Gegensatzes und der Begründung: auch, außerdem, nämlich, nicht nur — sondern auch, theils — theils, aber, doch, dennoch, darum, daher u. s. w., wenn sie nur Satzglieder verknüpfen.

Z. B. Er unterrichtet an zwei Tagen in der Woche, nämlich am Montag und Mittwoch, manchmal auch am Sonnabend. Er ertheilt allen wissenschaftlichen, außerdem den Zeichenunterricht. Die Arbeit ist unvollständig, darum unbefriedigend. Genieße das Leben, aber mit Verstand. Er las Kants Schriften, doch ohne Verständniß.

Dasselbe gilt auch von dem Bindeworte „und", wenn es eine adversative Bedeutung hat. Z. B. Segnet, und fluchet nicht. Arbeite, und spiele nicht. Er durfte befehlen, und wollte gehorchen.

## II. im Satzgefüge:

a) Hauptregel: das Komma trennt einander untergeordnete Sätze, d. i. den Haupt= vom Nebensatz, oder Nebensätze verschiedenen Grades.

Z. B. Alles kann der Edle leisten, der versteht und rasch ergreift. Viele Dinge sind's, die wir mit Heftigkeit ergreifen sollen. So hoch gestellt ist keiner auf der Erde, daß ich mich selber neben ihm verachte. Wo warst du denn, als man die Welt getheilet? Mir war, als ob die Natur ein Tempel wäre. Ein jeder bete, wie er kann. Säume nicht, dich zu erdreisten, wenn die Menge zaudernd schweift. Man muß geschäftig sein, sobald die Ernte reift. Es prüfe, wer sich ewig bindet, ob sich das Herz zum Herzen findet. Das Schönste sucht er auf den Fluren, womit er seine Liebe schmückt. Was man nicht nützt, ist eine schwere Last. Daß sich das größte Werk vollende, genügt ein Geist für tausend Hände.

Steht der Nebensatz zwischen Theilen des Hauptsatzes, so sind zwei Komma erforderlich. Z. B. Zum Werke, das wir ernst bereiten, geziemt sich wohl ein ernstes Wort. Ganz spät, nachdem die Theilung längst geschehen, naht der Poet.

Zuweilen fehlt dem Nebensatze, sei er Vorder= oder Nachsatz, das einleitende Bindewort. Die Regel behält dessenungeachtet ihre Geltung.

Z. B. Willst nichts Unnützes kaufen, mußt nicht auf den Jahrmarkt laufen. Liegt dir Gestern klar und offen, kannst auch auf ein Morgen hoffen. Bist du nicht willig, so brauch' ich Gewalt. Ich wünsch't', es wäre schon Morgen.

Wenn der Nebensatz verkürzt ist, indem die Aussage die Form

eines Infinitivs, eines Particips (Infinitiv= und Participialsatz), oder einer Apposition annimmt, behält die Regel ebenfalls ihre Geltung.

Z. B. Friedrich, erster König von Preußen, wurde zu Königsberg gekrönt. Ein königliches Stirnband, reich an Steinen durchzogen mit den Lilien Frankreichs. Einmal in die Nacht gerissen, bleibt sie ewig mir geraubt. Festgemauert in der Erden, steht die Form aus Lehm gebrannt. Die emsige Baucis entfernte sich oft aus der Kammer, schürend das Feuer oder den Kohl aufregend. Würdigt uns, Priester zu sein in eurem heiligen Tempel. Soll der Freund mir, der liebende, sterben? So weit er die Stimme, die rufende, schicket.

b) vor und nach einer Anrede oder einem kurzen eingeschobenen Satze.

Z. B. Gewichtiger, mein Sohn, als du es meinst,
Ist dieser dünne Flor.
Willst, seiner Knabe, du mit mir gehn?
Er hört, schon kann er nicht mehr sehn,
Die nahen Stimmen furchtbar krähn.

3. **Das Semikolon** steht zwischen längern aneinandergereihten Sätzen, die zusammen ein Ganzes bilden, aber doch einzeln hervorgehoben werden sollen. Diese können sein:

a) selbständige erweiterte Sätze.

Z. B. Schwer getroffen sinkt er nieder; da rauscht der Kraniche Gefieder. Der Jüngling ging gedankenvoll nach Hause; ihm raubt des Wissens brennende Begier den Schlaf; er wälzt sich glühend auf dem Lager und rafft sich auf um Mitternacht.

b) mit Nebensätzen ausgestattete aneinandergereihte Sätze.

Z. B. In das heitre Reich der Farben ringen sie sich freudig los; wenn der Stamm zum Himmel eilet, sucht die Wurzel scheu die Nacht; gleich in ihre Pflege theilet sich des Styx, des Äthers Macht.

c) aneinandergereihte Nebensätze, denen durch ein Kolon geschiedene Hauptsätze gegenüberstehen (Periode).

Z. B. Wie der Bienen dunkelnde Geschwader
Den Korb umschwärmen in des Sommers Tagen;
Wie aus geschwärzter Luft die Heuschreckwolke
Herunterfällt und meilenweit die Felder
Bedeckt in unabsehbarem Getümmel:
So goß sich eine Kriegeswolke aus
Von Völkern über Orleans' Gefilde;
Von der Sprachen unverständlichem Gemisch
Verworren, dumpf erbraust das Lager.

d) durch gegensätzliche oder begründende Bindewörter (denn, aber, doch, allein, indessen) markirte selbständige Sätze.

Z. B. Das Leben ist der Güter höchstes nicht;
    Der Uebel größtes aber ist die Schuld.
Leicht selbst schien uns der Druck des viel bedürfenden Krieges;
denn die Hoffnung umschwebte vor unsern Augen die Ferne.

Sind die einzelnen Sätze umfangreiche Satzgefüge, dann trennt
man sie durch Punkte. Dies geschieht sogar, wenn copulative Binde=
wörter sie verknüpfen.

Z. B. Ast und Zweig der Buche treten erst in der Höhe
hervor; sie greifen scharflinicht aus, fast wie die Zweige der
Tanne, und drängen ihre Fächer zu einem einzigen Gewölbe
zusammen. Aber so imposant dieser Rundbau ist, so fehlen ihm
doch jene Tiefen und Gliederungen, welche den Kronen andrer
Bäume einen so malerischen Reiz gewähren. — Es berichten die Evan=
gelisten, wie da, wo es reichlich zuging, der Herr nicht verhindert
ward, belehrend zu reden und auf die Gemüther zu wirken, an
denen mitten unter den festlichen Anstalten der Sinn seiner Rede
vorüberging. Und wenn der Erlöser bei solchen Gelegenheiten auch
mancherlei Tadel aussprach gegen die Gastfreiheit der Reichen, so ist
es doch eigentlich nicht der Überfluß, den er tadelt.

4. **Das Kolon** wird gebraucht, um auf eine fol=
gende Rede besonders aufmerksam zu machen. Es steht
daher:

    a) vor einer wörtlich angeführten (directen) Rede.
Z. B. Der Bote kam an und rief: Gott segne die Väter!
Da sprach er gewaltig: Wen sucht ihr? Unsere Männer fürchteten
nichts und riefen mit Grimme: Jesus, den Nazaräer! Jesus sprach
zu ihnen: Wahrlich, ich sage euch, es wird hier kein Stein auf
dem andern bleiben.

    b) vor Aufzählungen, die sich der Leser merken soll.
Z. B. Die Jahreszeiten heißen: Frühling, Sommer, Herbst
und Winter. Die Mittelgebirge Deutschlands sind: das Riesen=
gebirge, das Erzgebirge, der Böhmerwald, das Fichtelgebirge u. s. w.

    c) vor einem Nachsatze, auf den mehrere Vorder=
sätze hinweisen (Periode).
Z. B. Wo die Thürme verfallen und Mauern; wo in den
Gräben Unrat sich häufet und Unrat auf allen Gassen umher=
liegt; wo der Stein aus der Fuge sich rückt und nicht wieder ge=
setzt wird; wo der Balken verfault und das Haus vergeblich die
neue Unterstützung erwartet: der Ort ist übel regieret.

5. **Das Fragezeichen** steht nach einer directen Frage.
Z. B. Was ist des Deutschen Vaterland?
    Ist's Preußenland? Ist's Schwabenland?
    Ist's, wo am Rhein die Rebe blüht?
Nach einer indirecten Frage, die stets in der Form des abhän=
gigen Satzes auftritt, steht kein Fragezeichen.
Z. B. Ich weiß nicht, was es bedeuten soll.
    Er fragte, ob er gehen dürfe.

6. **Das Ausrufungszeichen** steht nach einem Aus=
rufe, also:

a) nach den Empfindungswörtern (Interjectionen):
ach, o, ei, pfui, weh, wohlan, sowohl wenn sie allein stehen, als auch
wenn sie neben dem darauf folgenden Empfindungssatze noch be=
sonders hervorgehoben werden sollen.

Z. B. Wehe! Pfui! Ach! die Gattin ists, die theure!

Ist die Verbindung der Interjection mit dem darauf folgenden
Satze eine enge, so steht hinter ihr entweder ein Komma oder gar
kein Zeichen.

Z. B. Ach, wärst du doch mein eigen! O trautes Thal!

b) am Ende von Sätzen, welche Ausdrücke der Freude,
des Schmerzes, der Verwunderung, des Befehls, Ver=
bots u. ähnl. enthalten.

Z. B. Holder Friede, süße Eintracht, weilet freundlich über dieser
Stadt! Hoffnung, laß mich nicht ermatten! Stoßt den Zapfen aus!

c) nach stark betonten Anreden.

Z. B. Bester Vater! Theure Mutter! Edler Freund! wo
öffnet sich dem Frieden, wo der Freiheit sich ein Zufluchtsort?

Nach freundschaftlichen Anreden in Briefen pflegt man ein
Komma, nach respectvollen ein Ausrufungszeichen zu setzen.

7. **Der Gedankenstrich** steht:

a) nach einer abgebrochenen Rede.

Z. B. Ob ich die Truppen — zu Gnaden — Nein, ei nein!
— Wie sollt' ich nur — Ich stehe ja in Tweer. Da kommt —
doch nein, ich irre mich.

b) als Ruhepunkt in der Rede oder als Zeichen
einer spannenden Pause. Er wird daher sehr häufig in
dramatischen Gedichten angewendet.

Z. B. Den König denk' ich kriegerisch gerüstet
An seines Heeres Spitze schon zu finden,
Und find' ihn — hier!
Hier ist Gold, hier sind Juwelen — schmelzt mein
Silber ein — verkauft, verpfändet meine Schlösser —
leihet auf meine Güter in Provence!

8. **Die Parenthese** (Klammer) schließt ein:

a) eingeschobene erklärende Wörter.

Z. B. Die Halligen sind theils durch Deiche (künstliche See=
dämme), theils durch Dünen (natürliche Höhen von Meersand)
vor den Wogen geschützt.

b) eingeschobene Sätze.

Z. B. Rückwärts — niemals gelangt man hierher, ohne sich
umzukehren — erblickten sie das fürstliche Schloß.
Ach! er läuft und bringt behende
— Wärst du doch der alte Besen! —
Immer neue Güsse schnell herein.

Wenn die eingeschobenen Sätze nur kurz sind, so setzt man, besonders in der prosaischen Rede, zwei Komma.

c) Wird in eine Parenthese noch eine Erklärung eingeschlossen, so bedient man sich dazu der eckigen und der runden Klammer.

Z. B. Die jonischen Inseln [Corfu (Corcyra), Cephalonia, S. Maura, Thiaki (das alte Ithaka), Zante, Cerigo] gehören jetzt zu Griechenland.

9. **Das Anführungszeichen** steht:

a) beim Beginn und Schluß einer directen Rede, namentlich in Gedichten.

Z. B. Der Knabe kam, der König rief:
„Laßt mir herein den Alten!"

b) Wird die directe Rede unterbrochen, so pflegt man die Unterbrechung durch das Schlußzeichen, die Fortsetzung durch das Anfangszeichen bemerklich zu machen.

Z. B. „Mußt du Tod und Jammer senden",
Ruft er, „bis herauf zu mir?
Raum für alle hat die Erde,
Was verfolgst du meine Herde?"

c) Folgen Rede und Gegenrede aufeinander, so kann man die eine von der andern durch ein doppeltes Zeichen unterscheiden.

Z. B. „Mein Sohn, was birgst du so bang Dein Gesicht?"
„„Siehst, Vater, du den Erlkönig nicht?
Den Erlkönig mit Kron' und Schweif?""
„Mein Sohn, es ist ein Nebelstreif."

d) Wenn man in die eigne Rede eine übliche, charakteristische Benennung oder die Worte eines andern aufnimmt, oder ein einzelnes Wort hervorheben will, so bezeichnet man dies ebenfalls mit dem Anführungszeichen.

Z. B. Die Schlacht war gewonnen, und „der Marschall Vorwärts" konnte seinem Könige berichten. — Das waren nicht mehr die Soldaten des „alten Fritz." — Unter dem streitbaren Bergvolke der Perser, das seit Jahrhunderten seine Herden weidete und seinen Jagden nachging, erstand im 6. Jahrh. v. Chr. Cyrus, ein Mann, der an Herrschergröße und Heldensinn über alle seine Zeitgenossen hervorragte. „Er muß einer jener gewaltigen Menschen gewesen sein, die schon durch ihr Erscheinen Unzählige mit sich fortreißen und, wenn sie große Umwälzungen bewirken, von den Völkern als besondre Werkzeuge der Gottheit betrachtet werden." Durch wunderbare Schicksale entging er dem ihm von seinem argwöhnischen Großvater Astyages zugedachten Tode. — Das Verhältnißwort „für" regiert den 4. Fall.

Außer den eigentlichen Interpunctionszeichen gibt es noch einige seltner gebrauchte, aber doch merkenswerthe Zeichen:

a) Das Trennungszeichen (..), welches meistens in fremden Wörtern vorkommt und andeutet, daß zwei nebeneinanderstehende Vocale nicht als Doppel= oder Umlaut, sondern getrennt

ausgesprochen werden sollen. Z. B. Danaë, Meroë, Altai, Buënos-
Ayres. Sind die Wörter sehr bekannt, so läßt man es fort: Poesie,
die Heroen des Alterthums.

b) Das Gleichheitszeichen (=), welches so viel wie
„gleich“ bedeutet z. B. ahnden = bestrafen.

c) Das Hinweisungszeichen (*, †), das auf eine Anmer-
kung hinweiset.

d) § bedeutet Paragraph, d. i. Abschnitt.

e) Das Lückenzeichen (*** oder ...) deutet an, daß
Buchstaben oder Sätze fortgelassen sind.

f) der Abkürzungspunkt (.) als Zeichen einer Abkürzung,
z. B. u. s. w. — u. dergl. — d. 2. Jan. — v. Chr. — n. Chr.
— Thlr. — Kr. — Pf.

g) das Wiederholungszeichen (:,:), welches beim Gesange
oder bei der Recitation von Gedichten andeutet, daß bestimmte
Worte wiederholt werden sollen.

# Wörterverzeichniß.



Aachen, Stadt
Aal, der
Aalen, Stadt
Aar, der
Aar, die, Fluß
Aarau, Kanton
Aas, das
Abendmahl, das
(abends), Abends
Abenteuer, das
abgefeimt (v. veimen = schäumen)
Ablaß, der
Abruzzen, die, Gebirge
abonniren
absolut = unbedingt
abspenstig
abschlägig = abweisend
abschläglich = auf Ab= schlag
abstrakt
Abt, der
abtrünnig
Achse, die
Achsel, die
(ächt), echt
Adjectiv, das
Adjutant, der (adjutari)
adlig (sprachl. richtiger: adelich)
Admiral, der
Adolf (= Edelwolf)
Advocat, der
Adresse, die
Ägypten
Ähre, die
(Ältern) Eltern
Ärmel, der

(Äsche), Esche, die
Ästhetik, die
Äther, der
Ältern, die (ältere Leute)
Agrikultur, die
Ahle, die
ahnden = strafen
Ahndung = Bestrafung
Ahnen, die = Vorfah= ren
ahnen = vorempfinden
Ahnung, die = Vor= empfindung
Ahorn, der
aichen = richtiges Ge= wicht geben (aequus)
Akademie, die
Akt oder Act, der
Akten, die, Mehrh.
Akustik, die
Alarm, der
alarmiren
Alemannen
Alfanzerei, die
Alkoven, der
alle
Allee, die
allmählich
Allod, das = ganz eigen
Almanach, der
Almosen, das
Alphabet, das
Altar, der
Altan, der
Altvordern = Vorfahren
am ersten, besten

Amboß, der (bozen= klopfen)
Anarchie, die
Anatomie, die
anberaumen (beramen = festsetzen)
andrerseits
Anekdote, die
anfangs
angesichts
angst sein
Anis, der
Annonce, die
anonym = ungenannt.
ansässig
antik, Eigenschw.
Antipode, der
Antiquar, der
Apotheke, die
Apostroph, der
Apparat, der
appelliren
Appetit, der
Apposition, die
Aprikose, die
April, der
Archivar, der
Aristokratie, die
Arithmetik, die
Armee, die
Armut, die
Arrest, der
Artillerie, die
Arznei, die
As, das, im Karten= spiel
äsen
Assemblee, die

| | | |
|---|---|---|
| Affecuranz, die | Ballet, das | bei weitem |
| Aſtronomie, die | Ballon, der | Beiſaſſe, der |
| Athem, (Odem), der | Band, das (Bände und | beißen, gebiſſen |
| athmen | Bänder) | beizen, gebeizt |
| Atlas, der | Band, der (Bände) | Bekenntniß, das |
| Atmoſphäre, die | Bande, die (Banden) | belehren |
| Attribut, das | Bank, die Bänke | bequem |
| auf allen vieren | Bank, die Banken | Beredſamkeit, die |
| aufs äuſterſte, höchſte | Bankerott, der | beredt |
| auffäſſig | Banner, das | Bernſtein, der |
| Augenbrauen (nicht: | bar, Eigenſchw. | berſten |
| braunen, Mehrh.) | bar, Endſilbe | Bertha (aus Berchta |
| Augenlid, das (lid = | Barbier, der | Brennſtein) |
| Decke) | barbieren | beſcheren |
| ausfindig | Barde, der = Sänger | Beſcherung, die |
| ausmerzen | Barett, das | beſeelen |
| ausreuten, Unkraut | barfuß | beſeligen |
| ausroden, Wurzeln | barhaupt | Beſen, der (ſt. Beſem) |
| ausrotten, ein Übel | Barke, die | beſtätigen |
| ausſtaffiren (v. Stoff) | barſch | bethätigen |
| Autorität, die | Barſch, der | (eig. betheidigen) |
| avanciren | barock | Bethlehem |
| (Axe), Achſe, die | Barometer, das u. der | betrügen, aus triegen |
| Axt, die | Vaſe, die | Bett und Bette, das, |
| Azur, der | Baſis, die = Grundlage | (Mehrh. die Betten u. |
| | baß (Grundf. v. beſſer) | d. Bette = Flußbette) |
| | Bau, der (Mehrheit | Bettuch, das (ſt. Bett= |
| | Bauten und Baue) | tuch) |
| Baal, der | Baude, die = Berghütte | beugen |
| Backe, die | Bauer, der | beurkunden |
| backen | Bauer, das | Beute, die |
| Bacchus, der | Bausback, (Pausback) | bewahren (nicht von |
| Bagage, die | bauſchen (v. bauſen | wahr) |
| Bagatelle, die | = ſchwellen) | bewähren (v. wahr) |
| baggern | Bauſch, der (in Bauſch | bewandt |
| bähen | und Bogen) | bewirthen (richtiger |
| Bär, der | Beere, die | ohne h) |
| Bahre, die | Beet, das | bewußt |
| Bai, die | befehden | bezeigen |
| Baiern, (Bayern iſt | befehlen, befiehlſt, befiehl | bezichtigen |
| amtlich und veraltet) | befleißen ſich (auch | bezüglich |
| Bajazzo, der | befleißigen) | Bibel, die |
| Bajonnet, das | behende | Biber, der |
| balanciren | behilflich | biberbe = bieder |
| Balcon, der | behufs | bieder |
| Balg, der | beichten (bi-jehm d. i. | biegen |
| Ballaſt, der | ja ſagen) | bieten |

| | | |
|---|---|---|
| Billard, das | brav | Chor, der |
| Billet, das | Brauen, die | Choral, der |
| billig | Brennessel, die | Christ, der |
| billigen | Brett, das | Chronik, die |
| Bimsstein, der | Brevier, das | Chronologie, die |
| Biographie, die | Brezel, die | Cigarre |
| birschen, (pirschen) | Brief, der | (Cither), Zither, die |
| Bisam, der | Britannien (Britania) | Citrone, die |
| Bischof, der (episcopus) | Britte, der (britto) | Collegium, das |
| bißchen | Britsche, die (Pritsche) | Comité, das |
| Bisthum, das | (Brod), Brot, das | Commandant, der |
| blaß, blässer | Brombeere, die (brame | Commission, die |
| Blässe, die | — Dornstrauch) | commod |
| bläuen — blau färben | Brosamen, die | Compagnie, die |
| blecken — zeigen (von | Broschüre, die | Comparation, die |
| blicken) | Brot, das | (Compaß), Kompaß, der |
| bleichen | Brunst, die | Composition, die |
| Blesse, die (b. Pferde) | buckelig | Conjugation, die |
| bleuen, zerbleuen — | Buchsbaum, der | Conjunction, die |
| schlagen | Büchse, die | (Conrad), Konrad |
| Blockade, die | Buchstabe, der | Controle, die |
| blöken | buchstabiren | Consonant |
| bloß | burzeln | Courage, die |
| Blüte, (Blüthe), die | Bürste, die | Cousine, die |
| Blut, das | Büste, die | Couvert, das |
| blutrünstig | Bütte, die | curios |
| Bohle — Brett | | (Curt), Kurt |
| Bohne, die | Candidat, der | Cylinder, der |
| bohnen — glätten | (Camerad), Kamerad | Cypresse, die |
| bohren | Caricatur, die | Czar und Zar, der |
| Bolz, Bolzen, der | (Carl), Karl | |
| Boot, das (M. Boote) | Censur, die | Dachs, der |
| Bord, der | Ceremonie, die | (Dacht), Docht, der |
| Borte, die | Casus, der | dasselbe |
| Bosheit, die | Champagner, der | Daguerreotyp, das |
| Botanik, die | Charade, die | däuchten — dünken |
| Bote, der | Charakter, der | Dambrett |
| Bottich, der | (Charfreitag), Karfrei- | Damhirsch |
| Böttcher, der | tag, der | Damm, der |
| Bouillon, die | Charlatan | Damspiel |
| Bouquet, das | Chaise, die | Daum und Daumen, |
| Bowle, die | Chaussee, die | December |
| Brandmal, das | Chef, der | Deich, der |
| Brantwein, der | Chemie, die | Deichsel, die |
| Bräutigam (gomo — | Chemiset, das | deinerseits |
| Mann) | Chirurg, der | deinethalben |
| braten | Chocolade, die | Demuth, die |

Demokratie, die
dengeln
Denkmal, das
denunciren
des, desgleichen
dermaßen
deshalb, deswegen
Dejeuner, das
desertiren
Dessin, das
Deut = 1⅓ Pfg.
deuten = volksthümlich machen
deutlich
deutsch (von diutisk = volksthümlich), nicht teutsch
Dialog, der
Dialekt, der
Diät, die
Dickicht, das
dicht
didaktisch = lehrhaft
Diele, die
Dienstag, (Dinstag)
Diner, das
dies
diesseit
diesseits
(Dinte), Tinte, die
Ding, das (Mhrh. e und er)
Diphthong = Doppellaut
dividiren
Docht, der
Doctor, der
Doge, der
Dogge, die
Dohle, die
Dolmetscher, der
Domäne, die
Donnerstag, der
Dorn, der (Mehrh. Dornen u. Dörner.)
dornicht
Drache und Drachen, der

Dragoner, der
Draht, der
Drama, das
drechseln
drehen
dreist
dreißig
dreschen
Drillich, der
Drittel oder Drittheil, das
Drohne, die
drollig
Droschke, die
Drüse, die
drucksen
durchgehends
ducken
ducksen
dünken
Düte, (Tüte), die
Dutzend, das
duzen
Dynastie, die

Ebbe, die
echt
Egge, die
(Egypten), Ägypten
ehern (v. er = Erz)
Ehre, die
Eiche, die
eichen (Eigenschw.)
Eichhorn, das
Eidam, der
Eidechse, die
eigens
eilends
ein (Artikel)
einandermal
einer (Fürwort)
einerseits
einestheils
einige
einhellig
einmal
Einzelheit

einzeln
Eiter, der
einquartieren
Ekel, der
ellig
Elenthier, das
Elephant, der
elf
Elfenbein, das
Ellbogen, (Ellenbogen), der
Elsaß, der
Elster, die
Eltern, die
elterlich
Elysium, das
empfangen
empfehlen
emsig
Energie, die
entgelten
Epheu, der = Eppich
ereignen
ergibig
ergötzen (ergezen = vergessen machen)
erhaben
Erkenntniß, die
Erkenntniß, das
erkiesen
erklecklich
(Ermel), Ärmel, der
Ernte, die
erschrecken
erwiedern
Esche, die
Essig, der
Espe, die
Estrich, der
etliches
Etikette, die
etwas
Euer, 2 F. Mehrh. von Du
euer, e, er besitzanz. Fürwort.
Euter, das

Excellenz, die
Exempel, das

Fabrik, die
fabriciren
Façade
Façon, die
fade
fahl
fahnden (von fahen
  = fangen)
Fähnrich, der, (Fähn=
  drich)
Fähre, die
Fährte, die
Fahrt, die
fallen
falls, Verh. u. Bindew.
fangen
Fant, der
Färse (= Kalb), die
Farnkraut, das
Farre, der (= Farrn,
  Ochse)
Fasan, der (vom Fluß
  Phasis)
Fastnacht, die (eig. Fas=
  nacht von vasen =
  schwärmen)
fatal
faullenzen (v. faul u.
  Lenz = Lorenz)
Fee, die
Fehde, die
feil
Feile, die
feist
Fels und Felsen, der
Feme, die, Femgericht,
  Fem, (Fehme)
Ferge, der (v. fahren)
Ferse, die
fertig
Feste = Festung, die
Fetisch, der
Fibel, die
Fiber, die

Fidel, die
Fidibus, der (fil de bois)
Fieber, das
Findling, der
Firlefanz, der
Firniß, der
Fittich, (Fittig), der
Fixstern, der
Flachs, der
Flanell, das
Flaum, der
Flaus und Flausch, der
  (Flausen machen)
Flechse, die
Flexion = Biegung
Flieder, der
fliehen
Fliese, die
Floß, das
Flosse, die
Flötz, das
flüchten
flugs
flügge
flüstern
Flut, (Fluth), die
fluten
(fodern), fordern
fördern
fragen
Franse, die
freund sein
Frevel
Friede, (Frieden), der
Friedhof, der (friedjan
  = schützen)
frieren
Fries, das
Friesel, der (v. frieren)
fröhlich
Frohne, die
fröhnen
Frohnleichnam, der
Frühling, der
Fuchs, der
Fuchtel, die
Fülle, die

Füllen, das
fürbaß
fürder
fürlieb und vorlieb
Fürwitz u. Vorwitz, der
Fund, der
funzehn u. fünfzehn
funfzig und fünfzig
Funke und Funken, der
Furt, die
Fuß, der (Mehrh. Füße
  und Fuße)
Fußtapfe, die (obwohl
  v. stapfen = gehen).

Galeere, die
Galopp, der
Galosche, die
gäng und gebe
Gant, die = Verstei=
  gerung
gar
gären
Gärung
Gardine, die
Gastmahl, das
(gäten), jäten
Gaum u. Gaumen, der
geben, gibst, gibt.
(Gebärde), Geberde, die
gebaren
gebären
Gebirge, das
Gebühr, die
gebühren
Gedanke, (Gedanken), der
gediegen
Geest, die (sandiges
  Land)
gefährden
gefährlich
Gefährt, das
Gefährte, der
Gefieder, das
Geflüster, das
Gehege, das
Gehilfe, der

gehörigermaßen
Geisel, die = Bürge
Geißel, die = Peitsche
Geländer, das
Geleise, das
Gemahl, der (kimah-
 chon = vereinigen)
Gemälde, das
Gemeinde, die (Ge=
 meine)
Gemüse, das
gen = gegen
Genie, das
Geographie, die
Gerathewohl, das
Gericht, das
Gerücht, das
geruhen (v. d. altd.
 rouchen = sorgen)
gerben
gescheit
Geschichtschreiber, der
Geschichtswerk, das
Gesicht, ras (Mehr. e
Gespenst, das [u. er].
Gespinst, das
gewahren (nicht von
 „wahr")
Gewand, das (Mehr=
 heit e u. er)
gewandt
Gewächs, das
Gewinst, der
Giebel, der
Gimpe= Besatzschnur
Gips, der
Glaube, (Glauben), der
gleiten
glimmen
Glut, (Gluth), die
Grab, der
grabe = gerade
Grammatik, die
(Gränze), Grenze, die
Gran, der, (ein|Gewicht)
Gras, das
gräßlich (von graß)

Grat, der = Spitze
Gräte, die
gräulich (von grau)
greulich
Griesgram, der
groß, der größte
Gros, das
Groß, das
Gruppe, die
gültig, (giltig)
Günther (Eigenn.)
Grummet, das (groun-
 mat = Grünmahd)
Gunst, die
Gustav (Eigenn.)
Gymnasium, das
Gymnastik, die

Haag, (Stadt)
Haar, das
Habicht, der
hacken
Häcksel, der
Häckerling, der
Härchen, das
(Häring), Hering, der
häßlich
Hafer, der (seltn. Haber)
Hag, der
Hagebutte, die
(hägen), hegen
Häher, der
Hai, Haifisch, der
(Haide), Heide, die
(haikel), heikel
Hain, der (v. hagen)
Haken, der
halbiren
hängen
hangen
hantiren
Harnisch, der
Hatschier, der (Hartsch.)
hauen, hieb, gehauen
Haufe, (Haufen), der
haushalten
Hechel, die

Hede, die = Werch
Heer, das
(Heerd), Herd, der
(Heerde), Herde, die
heftig
hehlen
hehr
Heide, der
Heide, die
heikel
heiklig
Heiland, der
Hein, der (= Tod)
Heimat, die
Heirat, die
heiser
Helene (Eigenn.)
Hellebarde, die
Hellene, der (= Grieche)
Heller, der
Hembe, das
Henkel, der
her, Umstandsw.
Herberge, die (Heer
 = Leute)
Hering, der
Herkules, der (Eigenn.)
Hermann (Eigenn.)
Hermelin, der
Herold, der
herrlich
herrschen
Herrschaft, die
Herzog, der (von Heer)
heuer
heutzutage
Hexameter, der
Hexe, die
Hifthorn, das (aus
 hifhorn)
Hilfe, die (Hülfe)
Himbeere, die (hint
 = Hirsch)
Hindin, die = Hirschkuh
Hippe, die = Sense
hissen, die Segel
historisch

hoch, höher, höchst
hohl, höhlen
Hoheit, die
Hoffart, die
hoffärtig
Höcker, der
Höker, der (= Klein=
  verkäufer)
holen
Hölle, die
Holunder, der
Homöopathie, die
Honig, der
Hornisse, die
Hüne, der (= Riese)
Hünengrab, das
Hugenot, der
Humanität, die
Hut, der
Hut, die
Hyäne, die
Hyperbel, die
Hypothek, die
Hypothese, die

Jacht (Schiff)
Jagd, die
Jahr, jährig
Jahrzehnd, das
jäh, jählings
jäten
jauchzen
Idee, die
identisch
Idylle, die (Gedicht)
jeder, jedermann, jedes=
  mal
Jehova
jemand
jenseit, jenseits, Jen=
  seits, das
Jeremias
Jerusalem
Igel, der
Iltis, der
im allgemeinen
Imbiß, der

im ganzen
Imme, die
im übrigen
im voraus
Inbrunst, die
indessen, indes
Industrie, die
infolge
Ingwer, der
Inland, das
Insasse, der
Inserat (Anzeige)
inmitten, innen, inner=
  lich, innig
(Insect), Insekt, das
interessant
Instrument, das
Interpunction
interpungiren
Interesse, das
Interessen, die (Mehr=
  heit = Zinsen)
intim
Joseph, auch Josef
  (Eigenn.)
irden
irgend
Irland
Irrthum, der
Islam, der
Isegrimm, der
Jubel, der
Jubiläum, das
Juchten (Mehrh.)
Jungfer, die
just = gerade
Juli
Juni, der
Jurisprudenz, die
Justiz, die
Juwel, das
Juwelier, der

Kabale, die
Kabeljau (Fisch)
Kabinet, das
Kadet, der (Mh. betten)

kahl
Kaffee, der
Käfig, der
Kaiser, der
Kajüte, die
Kalender, der
Kalif, der
Kanneel, das
Kamerad, der
Kamin, der
Kamisol, das
Kampf, der
Kanal, der
Kanapee, das
Kanneel = Zimmt
Kaninchen, das
Kannibale, der
Kanon, der
Kanone, die
Kanzel, die
Kanzlei, die
Kap, das
Kapaun, der
Kapelle, die
kapern
Kapital, das
Kapitäl, das
Kapitel, das
Kapitän, der
Kaplan, der
Kappe, die
Kapsel, die
Kapuze, die
Kapuziner, der
Karawane, die
Karbunkel, der (Geschw.)
Kardätsche = Stall=
  bürste, die
Karfreitag, der
Karfunkel, der
Karl (Eigenn.)
Karolinger, auch Kär=
  ling, der
Karpfen, (Karpfe), der
Karre, die, auch Kar=
  ren, der
Kärner, der

Kartätsche, die (Waffe)
Kartaune, die
Kartause, die
Karte, die
Karwoche, die
Kaserne, die
Katalog, der
Katarrh, der
Katechismus, der
Kategorie, die — Ord-
  nung
Katharina (Eigenn.)
Katheder, der u. das
Kathedrale, die
Katun, der
Katholik, der
Kauderwelsch, das
Kehricht, der
Keiler, der
keiner
Kellner, der
Kelter, die
kennen
Kenntniß, die
Kerker, der
keuchen
Keuchhusten, der
(Keuler), Keiler, der
Kibitz, der
Kiefer, der
Kiefer, die (Kienföhre)
Kiel, der
Kien, der
Kies, der
kiesen, erkiesen
Kirmeß, die (Kirchmesse)
Kissen, das
Kiste, die
kitzeln
Kittel, der
Klabbe, die (Schmutz-
  buch)
Klafter, das
Klasse, die
Klause, die
Klausel, die
Klausner, der

Klavier, das
Klecks, der
Klee, der
kleiben
Kleie, die
Klerisei, die
Klerus (Geistlichkeit)
Kleinod, das (Kleino-
  dien, ot — Eigenthum)
klieben — spalten
Klima, das
klimmen
Kloß, der
Kloake, die
Klotz, der
Klub, der
Knäuel, der
knacksen
kneten
Knie, das
Knicks, der
knicksen
knipsen
Knoblauch (eig. Klobl.
  — Spaltlauch)
Koben, der (Schweinek.)
Kohl, der
Kohle, die
Kolonnade, die
Koloß, der
Kolik, die
Kolon, das
Kolonie, die
Koller, der
Koller, das
Knüttel, der
Knüttelvers, (nicht Knit.)
Köder, der (kerder —
  Regenwurm)
kommen
Komma, das
Komet, der
Komtur, der
Kommode, die
Kompaß, der
kostspielig (spillen —
  verschwenden)

Kostüm, das
kopfüber
Konrad, der (Eigenn.)
König, der
krächzen
Krätze, die
kraft, Verhältnißw.
Kram, der
Krammetsvogel, der
Kran, der
Kranich, der
Krebs, der
kreischen
Krempe, die
Krepp, der
Kreuz, das
kriechen
kriegen
Kristall, auch Krhstall,
  der und das
Krokodil, das
Krume, die
Krüppel, der
Kubikfuß, der
Kuckuk, der
Kufe, die
Küfer, der
Kunst, die
Kur, die
kuriren
Küraß, der
Kürbiß, der
küren — wählen
Kurfürst, der
Kurhessen (Eigenn.)
Kürschner, der
Küste, die
Kutsche, die
kutschiren
Kutte, die

Lack, der
Lachs, der
Laden, der
Laib, (— Brot) der
Laich (Leich)
laichen, (leichen)

Lai, der
Lakai, der
Land, das (Mehrh. er und e)
Landsknecht, der
langweilen, langweilig
langwierig
Lärche (Baum), die
Lärm, der
lärmen
laß
lässig
Lattich, der
Laub, das
Lauch, der
(läugnen), leugnen
läuten
läutern
laut, Verhältnißw.
Laut, der
Laute, die
lautiren
Lawine, die
lax, Eigenschw. —locker
Lazaret, das
lebenlang (mein)
lechzen
Leck, das
Lectüre
Lee, die(dem Wind abge-kehrte Seite b. Schiff)
leer
leeren
Legel (Flasche), das
Lehen, das
lehren
Leib, der
Leich, das
Leichnam, der
leid thun
Leier, die
leihen
Leihhaus, das
Leihkauf, der
Leinen = Linnen, das
Lerche, die
letzter

Leu, der
leutselig
leugnen
Leumund, der
Lexikon, das
Licht, das (M. e u. er)
lichterloh
Lid, das — Decke
Lieb, das
(lieberlich), lüberlich
Lieutenant, der
Lineal, das
Linie, die
liniiren
Linnen — Leinen, das
Lithographie, die
Literatur u. Litterat., die
Livree, die
Logik, die
Lohe, die
Lohn, der
Lohn, das
lokal
Lokal, das
Loos, das
Lorbeer, der
Lord, der
los (Eigenschw.)
löschen
losen
lösen
Losung, die
Loth, das
Lothar (Eigenn.)
Lothringen (Eigenn.)
Lotse, der
lotsen
Lotterie, die
lüberlich (von Luder)
Ludolf (Eigenn.)
Luise u.Louise (Eigenn.)
lyrisch
Lupe, die
Luxus, der

Mal, das (= Zeichen, M. Male u. Mäler)

Maas, die (Fluß)
Mädchen, das
mähen
Mähder, der
Mähne, die
Mähre (Pferd), die
mäkeln
Märchen, das
Märe, die
Märthrer, der
März, der
Magazin, das
Magd, die
Mahd, die
Mahl, das — Speisung
mahlen (Mehl)
Mai, der
Maid, (Meid), die
Maie, die (Birkenreis)
Mailand (Eigenn.)
Mainz (Eigenn.)
Mais, der
maischen
Makel, der
mal, einmal
Mal, Denkmal, das
malen (mit Farbe)
Maler, der
Mammon, der
Mammut, der
man
Mangel, der
Manier, die
Mann, der (M. er u. en)
mannigfach
mannigfaltig
mancher, manchmal
Mandel, die
Mandel, das
männiglich
Margarete
Markt, der
Marokko (Eigenn.)
Marsch, der
Marschall, der
marschiren
Marstall, der

Maschine, die
Maske, die
Maß, das
Maßholder, der
Mathematik, die
Mathilde (Eigenn.)
Maulaffe (von offen)
Maulbeere
Maulschelle
Maulwurf
Maut, die
meckern
Medicin, die
Meer, das
Meerrettich, der
Mehl, das
mehr, Comp. v. viel
mehrere ( = einige)
   nicht: mehre
Meier, der
Meierhof, der
meinerseits, meinet-
   halben
Meißel, der
Melthau, der
Mensch, der (Menschen)
Mensch, das (Menscher)
Meridian, der
Messe, die (missa)
Messer, der
Messer, das
Mette, die (matutina
   Morgengottesdienst)
Methode, die
Metrik, die
Metzger, der
(Meubel), Möbel, das
meucheln
Mieder, das
Miene, die
Miete, (Miethe), die
Militär, das
Miliz, die
Mine, die (unterirb.
   Gang)
Mineralogie
miniren

Minze (ein Kraut), die
(Mirte), Myrthe
—miß, Vorsilbe
(mittags), Mittags
mittels, mittelst
Mittwoch, der
Mite — Milbe
Möbel, das
mögen
Mohn, der
Mohr, der
Möhre, die
Moment, der
Monarchie, die
Monat, der
Monolog, der
Mond, der (Monde)
Mond — Monat (en)
Montag, der
Moor, das
Moos, das
morgen
(morgens), Morgens
Moritz (Eigenn.)
Moschee, die
Möwe, die
Münze, die
müßig
müssen
mucksen
Muhme, die
Mus, das (Gemüse)
Muse, die
Muskel, der
Muße, die
Muth, der
muthig
Myrrhe, die
Myrthe und Mirte, die
Mythe, die

Nach außen
Nachbar, der
nach innen
nachlässig
Nachtigall, die

Nacht, die, (Nachts),
   nachts
nackt und nackend
Naht, die
nähen
Nähterei, die
Name, (Namen), der
namens, (Namens)
namentlich
Narrenteiding, das
nämlich
naseweis
negiren = verneinen
Nerv, der
nett
nichts
nieblich
niemand
Niere, die
niesen
Nieswurz, der
Nießbrauch, der (von
   genießen)
Niete, die
nieten
nirgends
Nische, die
—niß, Nachsilbe
Nix, der
Nixe, die
Norm, die (Vorschrift)
Notiz, notiren
Noth, die
noth thun
Nummer, die
Nymphe, die

O! a. Ausruf (nicht: oh)
Oberst u. Obrist, der
Object, das
Obliegenheit, die
October, der
Ochs, der
Odem und Othem, der
Oheim, der
Ohm — Oheim, der
Ohm, das (als Maß)

(ohngefähr), ungefähr
Ohnmacht, die
Ohr, das (v. Ohr)
Öl, das
Orchester, das
Ort, der (Mehr. Örter und Orte)
Orthographie, die
Oxhoft, das

Paar, das
paar = einige
Pack, der
Pack, das
packen
Packet, das
Palast, der (palatium)
Panier, das
Panther, der
Papagei, der
Papier, das
Papst, der (papa)
Pärchen, das
Parenthese, die
Partei, die
parteiisch
Parterre, das
Partie, die
Particip, das
Partikel
partikularistisch
Paß, der
päßlich
passiren
Pathe, der und die
Pension, die
Perrücke, die
Pfarrer, der (parochus)
Pfeffer, der (piper)
Pfeil, der (pilum)
Pfeiler, der
Pfennig, der
pfiffig
Pfingsten (pentekoste)
Pfirsich, die und der

Pflanze, die
pflegen
Pflaster, das
Pflugschar, die
Pforte, die (porta)
Pfosten, der
Pfründe, die (praebenda)
Pfuhl, der (palus)
Pfühl, der (pulvinar)
Pfund, das
Pharao, das
Pharisäer, der
Phantasie, die
Philipp
Philosophie, die
Phlegma, das
Photographie, die
Physik, die
Physiognomie, die
Pike, die
Pikelhaube, die (richtiger: Bikel von Becken)
Pilger u. Pilgrim, der (peregrinus)
Pilz, der
(pirschen), birschen
plärren
Plempe, die
Poesie, die
Pöbel, der
pökeln
Pokal, der
Polizei, die
Pomade, die
Pomeranze, die
populär
Portier, der
Porträt, das
Porzellan, das
possierlich
Pottasche, die
praktisch
Prädicat, das
prägen
Prälat, der

Präposition, die
(Prätzel), Brezel, die
Preis, der
preis geben
preisen
Preißelbeere, die
Priester, der (presbyter)
Princip, das
Prinz, der
Prise, die
(Pritsche), Britsche, die—
Procent, das
Proceß und Prozeß, der
(Product), Produkt, das
Profoß, der
Prophet, der
phrophezeien
Propst, der (praepositus)
Prosa, die
Protestant, der
Protokoll, das
Provinz, die
psychisch
Psychologie, die
Publicum, das
Puls, der
Pult, das
Pulver, das
Punkt, der, punktiren
(pürschen), birschen
Pyramide, die

Quacksalber, der
quaken
Qual, die
quantsweise
Quartier, das
Quarz, das
Quecksilber, das
Quell, der
Quelle, die
quengeln
quer
Quirl, der

quitt
Quittung, die

Raa, die, auch Rahe
Rabatt, der
rächen
Radieschen, das
Rahm, der
Rain, der
rammen
Rappe, der
rappeln
Rapier, das
Raps, der
raspeln
Rate, die (Zahlungstheil)
Rahme und Rahmen, der
Räthsel, das
Rauch, der
rauh
Rauheit
räuspern
Rebhuhn, das
Rechenbuch, das
rechnen
Reck, das
Recke, der
regieren
Reigen, der
Reiher, der
rein
Reis, der
Reis, das (= Zweig)
Reisig, das
reisig, die Reisigen
Reißblei, das
Reißbrett, das
Reiter, der
reiten
religiös
Republik, die
Ressource, die
Resultat, das
Rettich, (Rettig), der
Reuse, die

Reuße = Russe (Eigenname)
reuspern
reuten = roden
Reveille, die
Rhede, die
Rhein, der (Fluß)
rhetorisch
Rhone, die (Fluß)
Rhythmus, der
Ried, das (Riedgras)
Riege, die (Reihe)
Riem und Riemen, der
Ries, das (Papier)
Riester, der
Riff, das
rings
Rippe, die
Rocken, der
roben
Rogen, der
Roggen, der
Roheit, die
Rohr, das
Röhricht, das
rosten
rösten
Rötheln (Mehrh.)
Rouleau, das
Rudolf (Eigenn.)
ruhig
Ruhm, der
Ruhr, die
Rum, der
Ruß, der
Rückgrat, der und das
rücklings
Rüge, die
rümpfen
Rüster, die (Ulme)
Rüssel, der
Ruthe, die
rutschen

Saal, der
Saale, die (Fluß)
Saar, die (Fluß)

Saat, die
Sabbat, der
Sachsen (Eigenn.)
säen
sägen
Säge, die
(Säckel), Seckel, der
Sahne, die
Saite, die
Salat, der
salzen
Same, (Samen), der
sammt
sämmtlich
Sammt und Sammet, der
Samstag, der
Saphir, der
Sarras, der
Sarg, der
Satire, die (unrichtig Satyre)
satirisch
Satyr, der
saugen
Säule, die
säumen
Sclave und Sklave, der
Scene, die
Scepter, der u. das
Sculptur, die
Schabernack, der
Schabe, (Schaben), der
Schädel, der
Schaf, das
schaffen
Schaffner, der
Schaffot, das
Schaft, der
schal
Schale, die
schallen
Schaluppe, die
Scham, die
Schar, die
Schärpe, die
(Schatte), Schatten, der

Schatulle, die
scheckig
(scheel), schel
(Scheere), Schere, die
(scheeren), scheren
Scheit, das
schel
Schellack, der
Schelle, die
Schelsucht, die
schelsüchtig
Schemen, der (Schat=
  tenbild)
Schemel, der
Schenke, die
Scheusal, das
scheußlich
Schiefer, der
schier
Schiffahrt, die
Schild, der (Schilde)
Schild, das (Schilder)
schinden
schlaff
Schlächter, der
Schlaraffen, die
Schlägel, der
Schlehe, die
schleifen
schleißen
schließlich
Schloß, das
Schlot, der (Schornstein)
Schloße, die
schluchzen
schlüpfrig
schmähen
schmählich
schmal
schmälern
Schmalhans, der
schmelzen
Schmer, der u. das
Schmied, der
Schmiede, die
schmieden
schmieren

schmuggeln
Schmuggler, der
Schmutz, der
Schnaps, der
schnarchen
schnäuzen
Schnee, der
schneien
Schnur, die (Mehrh.
  Schnüre)
Schnur, die (Mehrh.
  Schnuren)
Schnurre, die
Schnurrbart, der
Schooß, der
Schoß = Zins, der
Schöps, der
Schreck u. Schrecken, der
schroten
Schublade, die
Schuh, der
Schuhmacher, der
schuld haben, schuld
  sein
Schultheiß, der
Schulze, der
Schur, die
Schürze, die
Schüssel, die
Schuster, der
Schwäher, der
Schwaben, der (beim
  Mähen)
Schwager
Schwan, der
Schwär, der
schwären
schwellen
schweißen
schwer
Schwert, das
Schwibbogen, der
Schwiele, die
Schwimmeister, der
schwören
schwül, Schwüle
Schwulst, die

Sekretär, (Secretär), der
sechs, sechste, sechzehn,
  sechzig
Seckel, der
See, der
See, die
Seele, die
Segen, der
seicht
Seiger, der (nicht m.
  Zeiger zu verwechs.)
seihen
seinerseits
Seite, die
von Seiten
seitens, Verhältnw.
Sekte, die
selber, selbander, selbst,
  selbständig, selbzwölf=
  ter.
selig (säl = reich)
Seligkeit, die
Semikolon, das
senden
seßhaft
Seuche, die
seufzen
Shwal, der
sickern
sieben, siebenzehn und
  siebzehn, siebenzig
  und siebzig
siech = krank
Siegel, das
Siegellack, der
sieh (veralt. siehe)
Silbe, die
Sims, das
(Sindflut), Sündflut
sinnen
Sittich, der (Papagei)
Skelet, das
Skizze, die
Skrofel, die
Sofa, das
Sohle, die
Sole, die (Salzwasser)

(sonntags), Sonntags
(Sopha), Sofa
spähen
spärlich
Span, der
Spanferkel, das (span—saugen)
spaßen
Spat, der
Spaten, der
Spatz, der
spazieren
Speer, der
Sperber, der
Spiegel, der
spitzfindig
Spree, die (Fluß)
Sprichwort, das
sprießen
spritzen
spuken (von Spuk)
spucken
sprühen
spülen, Spülicht, das
Spule, die
Staar, der (Vogel)
Staat, der
stachlig (icht)
Stadt, die
Stahl, der
stählen
(stämmen), stemmen
stämmig
stät, stätig
Staffette, die
Staket, das
Stapel, der
Star, der (Augen—krankheit)
Stärke, die
Statt, Stätte, die
statt
stattfinden (findet statt)
stäuben
stäupen
stecken
stehen

stemmen
Stempel, der
Stenographie, die
Sterke, die (Rind)
stets
Steuer, die
Steuer, das
stieben
Stiefkind, das
Stiege, die
stier, stieren
Stiel, der
Stift, der (Stifte)
Stift, das (Stifter)
Stil, der (Schreibart)
Stilleben, das
stracks
straff, stramm
Strähne, die
Strahl, der
strählen (= kämmen)
Strauß, der (Sträuße)
Strauß (Vogel, Mbrh. Strauße)
Stroh, das
Strolch, der
Strophe, die
studiren
Stumpf und Stiel
Subject, das
Substantiv, das
Suppe, die
Sühne, die
Sündflut, die
(Sylbe), Silbe die
Sympathie, die
System, das
synonym = namen—verwandt
Synagoge, die
Syntax (Zusammen—fassung), die

Tabak, der
Taffet und Taft, der
Takt, der
Talg, der

Talisman, der
Taille, die
Tand, der
Tarif, der
Tau, das
täuschen
Taxe, die
Teich, der (kleiner See)
Teig, der (zum Brote)
Terrine, die
Teppich, der
Teufel, der
(teutsch), deutsch
Text, der
Thaler, der
thät v. thun
Thau, der
Theater, das
Thee, der
Theer, der
Theil, der
theilen
theilnehmen (nimmt **thl.**)
theils
Thema, das
Theologie, die
Thier, das
Thon, der (Erdart)
Thor, der
thöricht
Thran, der
Thräne, die
Thron, der
—thum
Thür, die
Thüringen (Eigenn.)
Thurm, der
Thusnelda (Eigenn.)
Thymian, der
tichten u. trachten
Tiegel, der
Tiger, der
Tinte, die
Titel, der
Tod, der
todkrank
todmüde

tobt
töbten
(töbliĉ), tödtlich
Ton, der
Träber, der
triefen
Trift, die
triftig (von treffen)
Triumph, der
Trompete, die
Trope, die
Tropfe, Tropfen, der
trotz (Verhältnißw.)
Truchseß, der
Trug, der
trügen (richtiger: trie=
  gen)
Truhe, die
Trumm, das, nur in
  der Mehrh. Trüm=
  mer
Trumpf, der
Trupp, der
Truppe, die
Truthahn, der
Tuch, das (Mehrh.
  e u. er)
Tunnel, der
turnieren
Tüll, der (Gewebe)
Tüpfel, der
Türkei, die (Eigenn.)
Türkis, der
Tüte, die
Tüttel, der = Punkt
Tyrann, der
Typhus, der (Nerven=
  fieber)

Überdruß, der
überhand nehmen
über kurz oder lang
überschwenglich
Uhr, die
um — willen (Ver=
  hältnißwort)

Unbedeutenheit, die
unentgeltlich
Unflat, der
unflätig
ungeachtet
ungefähr, auch ohn=
  gefähr
ungestüm
Ungethüm, das
Ungeziefer, das
unpaß
unpäßlich
Unrat, der
unser, 2. F. Mehrh.
  von ich
unser, besitzanz. Fürw.
unsereins
unsrerseits
Unschlitt, das
unstät
untadelig
unverhohlen
unzählig
Ur, der, ur (Vorsilbe)
Urfehde, die
Urkunde, die
Urlaub, der
Urtheil ob. Urtel, das

(Veme), Feme, die
Veilchen, das
Verb, das
Verdienst, der
Verdienst, das
verdrießlich
verfemen
vergällen (von Galle)
verheeren
verhöhnen
verleumden
Verließ, das
vermählen
Vernunft, die
verpönen (von poena)
Vers, der
versiegen (versihen =
  vertrocknen)

versöhnen
verwaist
verwandt
verwarlosen =schutzlos
  sein
verwechseln
Verweis, der
verweisen (wizen =
  tadeln)
Verzicht, der
(Veste), Feste, die
viele
Viertel, das
Vieh, das
violett
Violine, die
Visite, die
(Bließ), Flies, das
Vocal, der
Vogt, der (advocatus)
Volk, das
vollends
voller (dekl. Adj.)
völlig
von gestern
von heute
von morgen
von neuem
von oben
von unten
von—wegen (Verhltw.)
vorlieb oder fürlieb
vor kurzem
vornehmlich
Vorwitz oder Fürwitz,
  der

(Waage), Wage, die
Waal, die (Fluß)
Waare, die
Wachs, das
wächsern (Eigenschw.)
Wachholder, der
wägen
wählen
Wage, die

Wagen, der
Wahlreich, das
Wahlstadt, die
(wo gewählt wird.)
wahren (warn =
schützen)
wägen
währen = dauern
wahr, wahrlich
Wahrheit, die
wahrnehmen
wahrsagen
Wahrzeichen, das
Waid, der (Färbestoff)
(Waidmann), Weid=
mann, der
(Waidwerk), Weidwerk,
das
Waise, die
(Waizen), Weizen, der
Wal, der = Walfisch.
Walfahrt, die (Fahrt
in die Ferne)
Walhalla, die
Walküre, die
Wall, der
Walnuß, die (fremde
Nuß)
Walplatz, der
Walstatt, die (wal =
Kampf)
(wälsch), welsch
Walther (Eigenn.)
Wams, das (wampaz
= Leib)
Wanst, der
Wasen = Rasen
waten
weben
Wechsel, der
wechseln
wegen (Verhältnißw.)
Wehr, die
Wehr, das
wehren

(Wehrgeld), Wergeld
(Wehrwolf), Werwolf
weichen
Weichsel (Fluß)
Weide, die
weiden
Weidmann, der
Weidwerk, das
Weihnachten (urspr.
3. F. der Mehrh.)
Weihrauch, der
weis machen
weise
Weise, die
weisen
weislich (von weise)
weißen
weissagen
weitläufig u. läuftig
Weizen, der
welsch
Welschland, das
Werg, das
Wergeld, das
Wermut
Werner (veralt. Wern=
her)
Werth, der
Werwolf (= Mensch=
wolf)
wes, wessen
weshalb, weswegen
Westfalen (Eigenn.)
wetterleuchten
Wichse, die
Widder, der
wider
widerfahren
widerlich
Widerpart, der
widerrufen
widersetzen
widersprechen
widerspenstig
Widerstreit, der
widerwärtig
Widerwillen, der

widerwillen
widmen
Wiedehopf, der
wieder
Wiederhall
Wiederkehr, die
wiederholen
wiederkäuen
wiedersehen
wiegen
wiehern
Wildpret, das (v. braten)
willens sein
Willkomm, der
Willkommen, das
Willkür, die
willkürlich
Wimper, die
winkelig
wirken
wirklich
Wirth, der
Wirrwarr, der
wissen
Wismut
Wittib, die
Witthum, das (widum
= Leibgedinge)
Wittwe, auch Witwe
(witiwe), die
wohl
Wolluft, die
Wort, das (Mehrh.
e u. er)
Wrack, das
Würtemberg (Eigenn.)
Wurm, der (Mehrh.
e und er)
Wuth, die
wüthen
Wütherich und Wü=
thrich, der

Xaver (Eigenn.)
Xenien (Gastgeschenke)

eine bestimmte Art
von Gedichten Goe-
the's u. Schillers.
Xerxes (Eigenn.)

Yankee (spr. Jänkih,
  Spottname der
  Nordamerikaner.)
Yard (englisches Maß)
Ynka od. Inka (Name
  der ehemal. Könige
  von Peru.)
Ypsilon (d. griechische Ü.)
Ysop (Pflanze)

Zar u. Czar, der
Zäheit, die
Zähre, die
Zarge, die
Zaser, die
(Zeder), Ceder, die
Zehe, die
zehen, zehn
zehren

Zeichenbuch, das
Zeichenstunde, die
zeichnen
zeihen (= beschuldigen)
Zeisig, der
Zeitläufte (Mehrh.)
zeitlebens
(Zentner), Centner, der
(Zepter), Scepter, der
  u. das
Zettel, der
Zeug, das
zeuch (v. ziehen)
Zieche, die (Bettz.)
Ziegel, der
ziehen den kürzern
  (d. i. Halm beim
  Losen)
ziemlich
Zierat
Zimmt ob. Zimmet, der
Zirkel, der
(Zither), Cither, die
Zofe, die (zafen =
  schmücken)
Zone, die
Zoll, der (Mehrh.
  Zölle u. Zolle)
Zoologie, die

Zuber, der
zugut halten
zufolge (Verhältnw.)
zu Gunsten
zu Häupten
zulässig
zum ersten, zweiten,
  andern
Zunahme, die (von
  nehmen)
Zuname, der (von
  Name)
zusehends
Zukunft, die (v. kommen)
Zunft, die (v. ziemen)
zwei (urspr. sächlich)
zween = zwei (männl.)
zwerch = quer
Zwerchfell, das
Zwerg, der
Zwetsche, die
Zwiebel, die
zwier = zweimal
Zwillich, der
Zwirn, der (von zwier
  = doppelt, gedrehter
  Faden)
zwo = zwei (weiblich)
zwölf.

Von demselben Verfasser sind im gleichen Verlage ferner erschienen:

**Deutscher Lesestoff für Schulen.** Planmäßige Zusammenstellung deutscher Lesestücke von der Elementar-Lesestufe bis zum Abschluß des Lesenunterrichts.

1. Stufe: Deutsches Elementar-Lesebuch für Schulen. 1. Abth. 1864. 5 Sgr.
2. Stufe: Deutsches Elementar-Lesebuch für Schulen. 2. Abth. 1864. 8 Sgr.
3. Stufe: Deutsche Lesestücke, für den Abschluß des Lesenunterrichts in der gehobenen Mittelschule. 2. Auflage. 1865. Preis 12 Sgr.
4. Stufe: Deutsches Lesebuch für die mittleren und oberen Klassen höherer Lehranstalten. 1. Theil. (Mittlere Stufe). 5. Auflage. 1865. 16 Sgr.
5. Stufe: Deutsches Lesebuch für die mittleren und oberen Klassen höherer Lehranstalten. 2. Theil. (Obere Stufe). 4. Auflage. 1863. 20 Sgr.

Nachdem der Herr Verfasser mit dem deutschen Elementar-Lesebuch den Cyclus seiner Lesebücher vollendet hat, erhalten die nun vorhandenen fünf Theile den allgemeinen Titel: deutscher Lesestoff für Schulen. Darnach läßt sich der Gesammtinhalt seines Werkes als ein Ganzes überschauen und wird hoffentlich von den Schulmännern, denen die bisher erschienenen Bücher bekannt sind, auch in seinem ganzen Umfange gewürdigt werden. Zugleich bemerke ich, daß das Elementar-Lesebuch sich an die in meinem Verlage erschienene weit verbreitete Lesefibel von A. Böhme anschließt und deren Inhalt eben so wohl erweitert als fortsetzt. Wie sich der „deutsche Lesestoff" in seinen einzelnen Theilen gliedert, und von welchen pädagogischen und unterrichtlichen Gesichtspunkten der Herr Verfasser den Lesenunterricht behandelt wissen will, darüber erlaube ich mir auf die kleine Schrift desselben:

**Das deutsche Lesebuch, als Mittelpunkt des Lernstoffes und der Lehrkunst.** 1863. Preis 6 Sgr.

hinzuweisen. Es liegen über dies Büchlein die anerkennendsten Urtheile von fachkundigen Schulmännern und Schulbehörden vor, und wird dasselbe geeignet sein, angehenden Lehrern und Lehrerinnen beachtenswerthe Winke über den Gebrauch des Lesebuches und die Behandlung des Lesestoffes zu geben.

**Kleine deutsche Sprachlehre.** 10. Auflage. 1865. Preis 2½ Sgr.

Das Schriftchen enthält in gedrängter Kürze die Grundzüge der deutschen Sprachlehre. Uebersichtlichkeit und Einfachheit der darin mitgetheilten Regeln empfehlen seinen Gebrauch besonders für den Elementarunterricht.

**Grundriß der Geschichte der deutschen Literatur.** 4. Auflage. 1865. Preis 8 Sgr.

Dieser Grundriß für Lehrer und Schüler stützt sich auf die neuesten Forschungen im Gebiete der Literaturgeschichte. Die zweckmäßige und kritisch abgewogene Auswahl des den eigentlichen Inhalt der deutschen Literatur bildenden Stoffes, die sachgemäße und wissenschaftliche Beurtheilung der Erzeugnisse der Literatur und ihrer Dichter, vor Allem die reichhaltige Kürze der Darstellung werden geeignet sein, dem Buche in höheren Bildungsanstalten, besonders in Gymnasien und Realschulen, einen immer ausgedehnteren Eingang zu verschaffen.

**Deutsche Poetik, Formenlehre der deutschen Dichtkunst.** Ein Leitfaden für Oberklassen höherer Bildungsanstalten. Zweite umgearbeitete Auflage. 1865. Preis 15 Sgr.

Während die vor einer Reihe von Jahren erschienene 1. Auflage der deutschen Poetik des Herrn Verf. wissenschaftliche und allgemein bildende Zwecke verfolgte, ist dies Werk in der 2. Auflage zu einem Schulbuch für Oberklassen umgearbeitet worden. Es wird in dieser Gestalt hoffentlich allgemeine Anerkennung finden.

**Leitfaden zur allg. Geschichte für höhere Bildungsanstalten.**
Erste Stufe. Der biographische Unterricht. 8. Aufl. 1865. 7½ Sgr.
Zweite Stufe. Griechische, Römische, Deutsche, Brandenburgisch-Preußische Geschichte. 6. Auflage. 1865. Preis 9 Sgr.
Dritte Stufe. Der allgemeine Geschichtsunterricht. 5. Aufl. 1866. 12 Sgr.

Die Geschichtsbücher des Herrn Verfassers sind so verbreitet, daß es einer besonderen Empfehlung kaum bedarf und ich mich der Hoffnung hingebe, daß denselben auch ferner eine gleiche Anerkennung zutheil werden wird.

**Grundzüge der brandenburgisch‑preußischen Geschichte.**
Sechste Auflage des Anhanges zu des Verfassers „Leitfaden zur
allgemeinen Geschichte. 2. Stufe." Mit zwei Geschichtskarten. 1864.
Preis geh. 4 Sgr.; geb. 5 Sgr.

    Ueber die Veranlassung einer besonderen Ausgabe der „Grundzüge" spricht sich
der Herr Verfasser in einem kurzen Vorwort aus. Nächstdem aber dürfte die Bemer-
kung zu beachten sein, daß die beiden Karten aus den Tabellen des Herrn Verfassers
einer auf die brandenburgisch‑preußische Geschichte im engeren Sinne bezüglichen Re-
vision unterworfen wurden.

**Tabellen und Karten zur Weltgeschichte.** 3 Hefte mit 20 (lith.
    u. color.) Karten, entworfen vom Verfasser, revibirt von H. Kiepert.
Tabelle. I. **Zur biographischen Vorstufe.** Mit 8 Karten. 2. Aufl. 1863.
                        Preis geh. 10 Sgr., geb. 11 Sgr.
Tabelle. II. **Zur ethnographischen Vorstufe.** Mit 6 Karten. 2. Aufl. 1864.
                        Preis geh. 10 Sgr., geb. 11 Sgr.
Tabelle. III. **Zur Universal‑Geschichte.** Mit 6 Karten. 1863.
                        Preis geh. 10 Sgr., geb. 11 Sgr.

    Durch die Tabellen und Karten hat der Herr Verfasser ein seine Geschichts-
leitfäden ergänzendes Anschauungs- und Lernmittel den Schülern in die Hand geben
wollen. Der Umstand, daß die von ihm entworfenen Karten von H. Kiepert revibirt
sind, dürfte dem Gebrauch derselben von wesentlichem Vortheil sein, weil an der Cor-
rectheit derselben kaum etwas auszusetzen sein wird. Das Schulbuchformat der Karten
und die damit verbundene Möglichkeit, Tabellen und Karten in einer Hand zu haben,
gewähren diesem Lernmittel zugleich wesentliche äußere Vorzüge. Daß diese in der Leh-
rerwelt mit Befriedigung aufgenommen sind, dafür spricht die Erfahrung, daß von der
ersten Tabelle schon in dem Jahre ihres Erscheinens eine neue Auflage hat veranstaltet
werden müssen.

In demselben Verlage erschienen ferner:

**Almstedt,** M., Eléments de conversation, suivis de quelques pièces
    de vers. 4me édit. 1864. Eleg. cart. Preis 6 Sgr.

**Böhme,** A., Lesefibel für den vereinigten Sprech-, Zeichen-, Schreib- und
    Lese-Unterricht, nach des Kindes erstem Schulbuch von **Dr. Vogel**
    in Leipzig. 23. Aufl. 1866. Preis 3 Sgr., mit den Bildern 4 Sgr. —
    geb. 5 Sgr.
— Bilder zur Lesefibel. Neue Ausgabe. Preis 1½ Sgr.
— Anleitung zum Gebrauch der Lesefibel. 4. Aufl. 1863. Preis 8 Sgr.
— Melodieen zu den Räthselverschen und Liedern in der Lesefibel. 1852.
                        Preis 3 Sgr.
— Wandlesefibel nebst erläuternder Zuschrift. 1851. Preis 10 Sgr.
— Christfest- und Neujahrs-Grüße. Eine Sammlung von Gedichten
    für Schule und Haus. Mit einem Anhange: Melodieen zu 30
    Gedichten. 1855. Preis 15 Sgr.

**Deutsche Dramen,** bearbeitet zum Uebersetzen in's Französische von
    Dr. R. Holzapfel. Erstes Heft: Goethe's Götz von Berlichingen. 1840.
    Preis 12½ Sgr.

**Foß,** Prof. Dr. R., Grundriß der Geschichte für die mittleren Klassen
    höherer Lehranstalten. 2. vermehrte und verbesserte Auflage. 1864.
    Preis 18 Sgr.

**Friedemann,** Dr. M. R., französische Fibel und erste französische Gram-
    matik nebst leichten Lesestücken. 3. verbesserte u. vermehrte Auflage.
    1855. Preis 10 Sgr.

**Gottschick**, A. F., Schul-Grammatik der griechischen Sprache. 3. Auflage.
1852. Preis 27 Sgr.
— Beispielsammlung zum Uebersetzen aus dem Deutschen in das Griechische.
Erstes Heft, für Quarta und Tertia. 2. Auflage. 1865. Preis 10 Sgr.
Zweites Heft, für Secunda und Prima. 1863. Preis 16 Sgr.
Wörterverzeichniß zu dem 1. und 2. Hefte. 1863. Preis 4 Sgr.
— Griechisches Lesebuch für untere u. mittl. Gymnasialklassen. 5. Aufl. 1865.
Preis 20 Sgr.
— Griechisches Vocabularium. 2. Auflage. 1861. Preis 10 Sgr.

**Heidemann**, A., Sang und Klang für Mädchenschulen. Neu bearbeitet
von C. Colberg. In 3 Heften à 5 Sgr.
Erstes Heft: enthaltend 106 einstimmige Lieder. 4. Aufl. 1862.
Zweites Heft: enthaltend 95 zweistimmige Lieder. 4. Aufl. 1862.
Drittes Heft: enthalt. 54 meist mehrstimmige Lieder. 3. Aufl. 1865.
— 50 einstimmige Choräle, nach den christlichen Festen geordnet. 1845.
Preis 5 Sgr.

**Möbus**, A., Geographischer Leitfaden für Bürgerschulen, besonders für
höhere Knaben- und Mädchenschulen.
Erste Abtheilung, für Mittelklassen. 3. Aufl. 1862. Preis 5 Sgr.
Zweite Abtheilung, für Oberklassen. 2. Aufl. 1857. Preis 7½ Sgr.
— Lesebuch für Bürgerschulen, besonders für höhere Knaben- und Mäd-
chenschulen.
Erste Stufe, für Unterklassen. 2. Auflage. 1862. Preis 5 Sgr.
Zweite Stufe, für Mittelklassen. 1. Abtheil. 2. Aufl. 1865. Preis 8 Sgr.
2. Abtheilung. 1858. Preis 12 Sgr.
— Stoffe zu deutschen Stilübungen. Eine Sammlung von Musterstücken,
Entwürfen und Aufgaben für die Oberklassen höherer Schulen. 1865.
Preis 1 Thlr.

**Moiszisszig**, Prof. Dr. H., praktische Schulgrammatik der lateinischen
Sprache für alle Klassen der Gymnasien und Realschulen. 5. Aufl.
1862. Preis 22½ Sgr.
— Lateinisches Uebungs- und Lese-Buch für untere Klassen der Gymnasien und Realschulen. 2. umgearbeitete und vermehrte Auflage.
1865. Preis 20 Sgr.
— Lateinische Vorschule. 1860. geb. Preis 8 Sgr.

**Paul**, W. F., Les réfugiés français dans les états Prussiens. (D'après
Erman et Reclam). Zunächst zum Schulgebrauch herausgegeben.
1866. 10 Sgr.

**Pohlke**, Prof. K., Darstellende Geometrie. 1. Abtheilung. Darstellung der
geraden Linien und ebenen Flächen, so wie der aus ihnen zusammengesetzten Gebilde, vermittelst der verschiedenen Projectionsarten. 8vo.
Nebst einem Hefte von 10 Tafeln in 4to. 2. Auflage. 1866.
Preis 1 Thlr.

Berlin, Mai 1866.

**Rudolph Gaertner.**

Druck von Trowitzsch und Sohn in Berlin.